Manières Diaboliques

Kyana Samedy

This is a work of fiction. Similarities to real people, places, or events are entirely coincidental.

MANIÈRES DIABOLIQUES

First edition. May 30, 2024.

Copyright © 2024 Kyana Samedy.

ISBN: 979-8224309160

Written by Kyana Samedy.

Also by Kyana Samedy

Mauvaises intentions
Manières Diaboliques

Plongez dans l'univers captivant de "Manières Diaboliques", un roman sulfureux qui explore les relations complexes et les dynamiques de domination entre quatre hommes. Dans cet univers où le BDSM est pratiqué avec passion et respect, découvrez les histoires de Jack et Channon, ainsi que celles de Nate et Ewan, deux couples ayant chacun leurs propres codes et modes de fonctionnement.

À travers des scènes érotiques explicites et intenses, ce livre vous transporte dans un monde de plaisir et de soumission, où les liens affectifs sont indissociables de la dimension sexuelle. Des clubs underground de Santa Rita aux dîners élégants chez M. White, suivez les protagonistes dans leur exploration sensuelle et leurs expériences hors normes.

"Manières Diaboliques" aborde les thèmes de la confiance, de la communication et du consentement, mettant en lumière les multiples facettes de la sexualité humaine. Grâce à une narration immersive et addictive, ce roman vous invite à explorer les frontières de votre propre imagination et à embrasser votre curiosité pour les pratiques alternatives.

Ne manquez pas cette occasion unique de vous immerger dans l'univers du BDSM sous un angle résolument moderne et sophistiqué. "Manières Diaboliques" est un ouvrage audacieux qui ravira les lecteurs en quête de sensations fortes et de découverte.

Chapitre 1

Si Jack Nash devait énumérer les nombreux plaisirs d'avoir un garçon beau et obéissant à sa disposition, le montrer serait dans le top dix. Vêtu, nu, attaché avec une corde, Jack adorait placer Channon dans un endroit où les gens pouvaient l'admirer, sachant qu'il appartenait entièrement à Jack.

Bien sûr, Jack avait un côté voyeuriste d'un kilomètre de large, donc ce n'était pas surprenant. Le fait que Channon ne l'ait pas fait, et ait trouvé qu'être exposé était profondément embarrassant, n'a fait que rendre le plaisir de Jack encore plus doux.

"Levez les bras," dit Jack, passant ses mains sur les côtés de Channon. Channon a fait ce qu'on lui a dit, bien sûr. Jack continua d'enrouler la corde autour de sa poitrine et de vérifier la tension au fur et à mesure. Il fit la queue devant et vint sourire à Channon. "Confortable?"

Channon hocha la tête. "Oui Monsieur." Son regard passa du visage de Jack à son propre reflet dans la grande vitre du miroir de leur chambre et vice-versa, comme si la vue de lui-même attaché était trop dangereuse pour être regardée longtemps.

Il avait l'air charmant. Normalement, quand ils faisaient cela, Channon était nu, mais ce soir, il était habillé pour sortir avec un pantalon noir et une chemise noire ajustée. Jack attachait la corde sur ses vêtements pour qu'elle soit visible. Là où ils allaient ce soir, ce ne serait pas du tout déplacé.

Jack avait choisi d'attacher Channon dans un hishi karada, un harnais de base à motifs de losanges. Pour contraster, il avait choisi une longueur de jute vert mousse (assortie aux yeux de Channon) et une autre en or (assortie à la cravate de Jack) pour créer un motif symétrique et alterné. Maintenant, il a attaché le karada dans le dos et a tressé les extrémités pour les garder à l'écart.

« Bras baissés », dit-il en soulevant le col de Channon. Il tapota l'épaule de Channon avec deux doigts, et Channon se mit docilement à genoux.

Depuis le sol, il leva les yeux vers Jack avec un sourire plein d'espoir, presque innocent. C'était un beau jeune homme, âgé de vingt ans, avec des épaules fortes et des cuisses musclées. Ses cheveux noirs et sa peau pâle et bronzée font penser à Jack un jeune Henry Cavill des années 1970 Le Comte de Monte Cristo.

Et Jack l'aimait beaucoup.

"Bon garçon," dit-il en passant une main sur les cheveux de Channon. Il a bouclé le collier autour du cou de Channon. Le collier était en cuir noir solide avec des anneaux en D en laiton et une boucle solide. Jack l'attacha et, comme toujours, vérifia l'ajustement. Channon portait ce collier depuis deux ans maintenant, et la languette de la boucle tombait facilement dans son trou bien usé, mais Jack vérifia quand même. Il aimait être minutieux. Qui savait? Channon aurait pu grossir.

Il était certainement musclé. L'une de ses tâches consistait à maintenir le programme de remise en forme que Jack avait approuvé pour lui. Ce n'était pas uniquement à des fins esthétiques ; c'était l'une des nombreuses façons dont Jack rappelait à Channon ce qu'ils avaient convenu, qui était Jack pour lui et à qui appartenait Channon.

Parce que Jack était le monsieur de Channon, et Channon était le garçon de Jack, et ce qu'il y avait entre eux était spécial, presque sacré. Pour Channon, les rappels de sa position à l'égard de Jack étaient une sorte d'adoration, et c'était exactement ce que Jack aimait.

Jack sourit en ramassant une autre longueur de jute. "Es-tu excité pour ce soir, chérie?"

"Oui, Monsieur," dit Channon, assis sur ses talons et posant ses mains, paume vers le haut, sur ses genoux. Il semblait parfaitement à l'aise sur le sol, aux pieds de Jack. "Es-tu?"

"Ça devrait être intéressant", dit Jack, alors qu'il commençait à nouer et à attacher une laisse. « Nate et Ewan seront là. Selon vous, quelles sont les chances qu'Ewan provoque une scène ? »

"Monsieur," dit Channon dans une faible protestation. "C'était une fois."

Cela n'avait été qu'une seule fois, mais quelle fois. Nate avait tiré Ewan par les cheveux pour le discipliner suffisamment fort pour qu'on puisse l'entendre de l'extérieur de la maison. Et bien sûr, plus tard, Nate avait dit à Jack qu'Ewan avait reçu une autorisation spéciale pour agir ce jour-là exactement dans ce but, mais Jack était toujours conscient qu'Ewan pourrait recommencer.

S'il était honnête avec lui-même, c'était parce qu'il ne savait pas comment il réagirait si Channon avait un jour la même idée. Autrefois, avec un autre sous-marin, Jack l'aurait simplement éteint. Avec Jack, un comportement grossier vous a coupé la parole. Ce n'était pas une punition ; c'était une limite stricte. Jack n'était pas intéressé à jouer avec quelqu'un qui voulait le défier. Que Nate apprécie cela le rendait perplexe, mais là encore, Nate avait toujours été un peu plus sadique que Jack et savourait l'occasion de lui infliger une correction douloureuse.

Avec Channon, les choses n'étaient plus aussi simples. Jack l'aimait beaucoup trop pour lui couper la parole. Pourtant, si Channon commençait à devenir grincheux...

Jack fronça les sourcils. Il savait qu'il y avait certaines punitions que Channon détesterait, mais en réalité, la pire chose que Jack puisse lui faire serait de dire : je suis déçu de toi. Ce comportement est inacceptable. C'était la relation qu'ils entretenaient. Channon était bon et Jack prenait soin de lui, et entre-temps, ils faisaient des choses très coquines, à leur satisfaction mutuelle.

Il s'est assuré que Channon n'agirait jamais de la sorte. Ce n'était pas dans la nature de Channon. Et Ewan ? Eh bien, Ewan n'était pas le problème de Jack.

Il passa la laisse dans l'anneau en D au niveau de la gorge de Channon et la tira, l'enroulant autour de sa main jusqu'à ce que son poing soit dur sous le menton de Channon. Channon se balança dans la poigne, sa langue sortant pour mouiller sa lèvre, les yeux brillants d'impatience. Jack passa son pouce sur sa lèvre et sourit.

"Allons-y, chérie."

?

Le Ball and Chain était un vieux théâtre délabré situé sur Parliament Street qui faisait partie de la scène perverse de Santa Rita depuis les années soixante-dix. Le propriétaire était un ami de M. White et animait parfois des émissions perverses qui contournaient les limites de ce qui était à la fois légal et moral. Mais ce soir, il ne se passait rien de particulièrement risqué, juste du bondage difficile avec un côté jeu d'impact. La scène avait été aménagée avec un cadre de suspension, un tabouret et une table portant un certain nombre d'objets intéressants. Jack essaya de deviner ce qui pourrait arriver grâce aux outils disposés, puis s'abandonna au mystère. Il a conduit Channon sur le devant de la scène, une main dans le bas du dos de Channon, le bout de la laisse enroulé autour d'elle.

La zone d'audience était principalement constituée de rangées de sièges de théâtre, mais à l'avant se trouvaient plusieurs larges canapés vintage. Jack en avait réservé deux, et Nate en avait déjà pris un, assis à l'intérieur avec Ewan sur ses genoux.

Ils formaient un couple inattendu, pensa Jack. Nate était naturellement beau, avec tous ces cheveux dorés indomptés et cette barbe de trois jours paresseuse. Il était vêtu de cuir ce soir, avec des bottes hautes et un pantalon avec de nombreuses fermetures éclair intrigantes. D'une manière ou d'une autre, tout ce qu'il portait lui allait bien, d'une manière que Jack enviait un peu. Nate ne semblait pas s'en soucier. Était-ce son secret ? Manque de baise à donner ?

Ewan, quant à lui, avait l'air d'être un problème. Il avait un crayon noir enduit autour de ses yeux, et le collier qu'il portait ce soir n'était pas son collier de jeu mais un truc vicieusement pointu plus adapté à un club punk qu'à un club pervers. Il portait un jean skinny et un débardeur, même si « porter » était peut-être une exagération dans le cas du débardeur : il pendait autour de lui, coupé d'une manière qui donnait l'impression qu'il était sur le point de tomber à tout moment pour exposer sa pâleur. poitrine fragile. Bref, il avait l'air échevelé et dangereux.

Jack inspira, expira et se rappela qu'il était « gentil » avec Ewan.

"Ooh," dit Nate lorsque Jack conduisit Channon vers eux. Il tendit la main pour toucher la corde nouée autour du torse de Channon, passant ses doigts jusqu'à l'endroit où elle disparut entre les cuisses de Channon. Personne d'autre n'était autorisé à toucher Channon sans y être invité ; Nate avait une autorisation spéciale. "Eh bien, n'es-tu pas jolie, toute enveloppée."

Jack vit Channon baisser la tête, timidement embarrassé. "Merci, M. Scott."

Ewan émit un bruit dégoûté. "Vous n'êtes pas obligé de l'appeler 'Monsieur'", dit-il d'un ton caustique. "Il ne le mérite pas."

Au lieu d'être ennuyé par cela, comme Jack l'aurait été, Nate attrapa négligemment Ewan par le lobe de l'oreille et se tordit. « Tenez-vous bien, » dit-il doucement. "Channon peut m'appeler comme il veut."

Ewan fronça les sourcils et pressa son visage contre le cou de Nate comme un chaton en colère. Jack se demandait si Ewan mordait et ce que Nate lui ferait s'il le faisait.

Il s'installa sur le canapé, tirant Channon à côté de lui. Channon se blottit contre le bras de Jack, un peu collant. Cela fit sourire Jack. C'était à cause de la laisse, soupçonnait-il, Channon était probablement gêné parce qu'ils n'avaient pas fait grand-chose en public auparavant. Jack passa ce bras autour de lui, le serrant de manière réconfortante.

"Pas de Victor ce soir?" » demanda Nate avec un sourire méchant.

Jack secoua la tête. «Je pense que le bondage dans une situation difficile pourrait être un peu trop pour lui. Il est encore assez innocent.

"Cela ne durera pas", commenta Nate. « Vous savez ce que c'est. Il n'a pas couru en criant, donc ce n'est qu'une question de temps avant qu'il trouve la chose qui lui fera exploser les chaussettes, et la prochaine chose que vous saurez, il sera dedans jusqu'aux yeux.

"Vrai." C'était souvent ainsi que ça se passait. Un avant-goût du bon problème et vous vous lancez fort. Trop dur, parfois. "Je ne le vois pas comme un type de bondage et de discipline."

"Peut-être que c'est un sous-marin", suggéra Nate en souriant.

Jack ne pensait pas non plus que cela sonnait bien, mais on ne savait jamais. "En parlant de service, M. White organise un dîner dans quelques semaines." dit Jack. «Jeudi, je pense. Vous viendrez?"

"Je ne peux pas," lui dit joyeusement Nate. «Je serai à Dallas pour cette conférence DevSecOps. C'est moi qui donne le discours d'ouverture, ajouta-t-il en remuant les sourcils. "Tu devras t'amuser sans moi."

Jack sentit Channon se contracter sous son bras et le regarda. Channon avait prêté attention à ce qu'ils disaient, même s'il baissa la tête lorsque Jack le surprit.

"Quelque chose ne va pas, chérie?"

"Non, monsieur," dit Channon.

Mais Ewan se tortillait sur les genoux de Nate, regardant Channon comme s'il essayait de lui mettre le feu. Jack vit Channon lancer un regard significatif à Ewan. Donc quelque chose n'allait pas.

"Tu ne me mens pas, n'est-ce pas?" » demanda-t-il doucement, tirant la laisse contre le col de Channon. "Cacher quelque chose?"

Les yeux de Channon s'écarquillèrent d'horreur. "Non monsieur. Il n'y a rien de mal. Juste... quand ils ont envoyé les détails de la conférence à l'équipe, j'ai trouvé que cela avait l'air intéressant. Mais nous allons chez M. White, ajouta-t-il rapidement, donc cela n'a pas d'importance.

Ah. Channon voulait aller à la conférence mais voulait également servir Jack comme Jack le lui ordonnait. Bon garçon.

Jack était partagé entre le désir de montrer Channon chez M. White et le plaisir de voir Channon s'intéresser à son développement professionnel. Finalement, la prudence l'a emporté.

« Très bien, alors, » dit-il à voix haute. « Vous avez été extrêmement bon... »

« Comme toujours », souffla Nate avec un sourire narquois.

"... pour que tu puisses aller à la conférence," continua doucement Jack, "si Nate accepte de prendre soin de toi," ajouta Jack juste pour voir comment Nate réagirait.

Nate rit. "Oh, bien sûr. Nous allons nous amuser, n'est-ce pas, mon ange ? Il fit un clin d'œil à Channon, qui rougit un peu. Puis il tourna son sourire vers Jack. "Et tu peux prendre soin de mon gosse pendant mon absence."

Jack se raidit, ses yeux glissant sur le côté vers l'endroit où Ewan regardait d'un air renfrogné depuis la cage des bras de Nate. Prendre soin d'Ewan ? Jack ne savait pas par où commencer.

Mais ce qu'il a dit, c'est : « Bien sûr, je peux le promener et le nourrir », parce que parfois il ne pouvait pas s'en empêcher.

Cela rendit Ewan plus renfrogné, mais tout ce qu'il fit fut d'enfouir ce air renfrogné dans le cou de Nate, ses yeux brillant par-dessus l'épaule de Nate.

"Vous pourriez l'emmener chez M. White", suggéra Nate. Ewan émit un bruit indigné, visiblement aussi mécontent de cette idée que Jack.

Ewan chez Mr White pour un dîner hautement protocolaire ? Il y était déjà parvenu une fois, Jack le savait, mais c'était avec la main de Nate sur son col. Ewan s'est parfois comporté pour Nate en public – le plus souvent, pour être juste. Mais il n'y avait aucune chance qu'Ewan se comporte bien pour Jack. Et Jack a refusé de se mettre dans l'embarras ou de mettre M. White dans l'embarras en essayant de mettre Ewan au pas, seulement pour le regarder faire une scène.

Non, il n'emmènerait pas Ewan chez M. White. S'il ne pouvait pas montrer Channon, il préférait s'en passer complètement. Il devrait trouver un autre moyen de « prendre soin » du gosse de Nate.

?

Le bondage dans une situation difficile était une de ces choses qui rendaient Channon très bizarre. Un genre de bizarre chaud et sexy, mais du genre dont il ne savait pas trop quoi faire. Voir quelqu'un d'autre dans une situation difficile a déclenché en lui une légère anxiété – il a grimacé lorsqu'ils ont été mis en contention et forcés de faire quelque chose, sinon quelque chose de pire se produirait. Mais là encore, l'idée que cela lui arrive...

Channon frissonna et se pencha dans le bras de Jack tandis que la femme sur scène couinait. Elle avait été retenue, les bras derrière le dos, penchée, debout sur la pointe des pieds. Il y avait des pinces sur ses tétons, attachées à de longs fils menant derrière elle à un pilier avec une brosse à poils rugueux placée entre ses jambes. Sa culotte était trop fine pour offrir une quelconque protection, et il était évident que la brosse la torturait intimement. Mais si elle s'en éloignait, les pinces tiraient douloureusement sur ses mamelons, et elle restait donc coincée.

Son Dom venait de sortir une plume et commençait à la chatouiller avec. Channon se tortilla d'inconfort. Elle avait l'air si affligée. Et pourtant, tout ce qu'il pouvait penser, c'était : Si c'était moi...

Il essayait de ne pas l'imaginer, mais l'image lui venait trop facilement. Channon a serré ses jambes l'une contre l'autre, mais cela n'a pas aidé, car ce soir, Jack avait passé une corde entre ses cuisses, et en la serrant, la corde lui serrait les couilles. Il pouvait sentir le nœud que Jack avait fait juste entre ses joues, le frottant à travers son pantalon. S'asseoir dessus n'a pas aidé. Cela lui rappelait juste qu'il portait une culotte en dentelle, et que plus tard... plus tard, Jack allait l'enlever.

Oh non, ça n'aidait pas du tout.

Ça s'est empiré. Ensuite, le Dom a fait monter un homme sur scène et l'a également retenu. Channon regarda, fasciné, l'homme et la femme attachés ensemble, de sorte que s'il bougeait, cela pousserait plus fort la brosse entre ses jambes. En même temps, ses couilles étaient attachées de sorte que si elle s'éloignait de la brosse, non seulement elle tirerait sur ses pinces à tétons, mais aussi sur ses couilles.

Et puis le Dom a caressé le dos du soumis, très tendrement, et a commencé à le fouetter.

Channon regardait avec la bouche sèche, la respiration courte et superficielle. Il ne pouvait pas supporter cela, en regardant cette torture délicate et interminable. La corde autour de ses affaires le serrait sans pitié, son pantalon étant désormais trop serré. Il ne pouvait pas détourner le regard.

Si c'était moi...

Mon Dieu, si c'était le cas, il ne savait pas s'il pourrait le supporter.

Mais ensuite il imagina les mains de Jack sur lui, et la voix de Jack disant : Tu peux faire ça, chérie. Je sais que tu peux, et il savait ce qui allait se passer.

Une fois la scène terminée – les deux sous-marins relâchés et enveloppés dans des couvertures – il y a eu un entracte. Channon se pencha, pensant à ce qu'il avait vu, la vision se répétant dans sa tête comme un gif en boucle.

"Tu t'amuses, chérie?" » demanda Jack.

Channon sursauta. "Oui Monsieur!"

Jack sourit en caressant les cheveux de Channon. «Tu as l'air un peu rose. Veux-tu t'agenouiller un peu ?

Channon hocha la tête, le visage brûlant d'embarras d'avoir été surpris. Jack prit un coussin du canapé et le laissa tomber à ses pieds. Channon se mit à genoux et appuya sa joue sur la cuisse de Jack pendant que Jack rassemblait la laisse autour de sa main jusqu'à ce que son poing soit sur la gorge de Channon. Ça faisait du bien. Sécurisé. Sûr.

Channon soupira et se pencha vers Jack, fermant les yeux. Le gif de la situation difficile dans son esprit revenait encore et encore. Il savait qu'il devrait probablement dire à Jack comment la série l'affectait. Jack adorerait entendre ça. Jack aimait ce genre de choses, alors Channon devrait simplement le lui dire. Mais pour l'instant, il appréciait le frisson illicite d'être secrètement excité.

Il y eut un bruit sourd à côté de lui, et il ouvrit les yeux pour voir qu'Ewan s'était effondré sur le sol à côté de lui. Ewan ne prit pas la peine de s'agenouiller, il s'appuya simplement contre la jambe de Nate.

Ci-dessus, Jack et Nate discutaient sur les accoudoirs de leurs canapés. Pendant que Channon regardait, Nate glissa distraitement une main dans les cheveux d'Ewan et les serra fort. Ewan se mordit la lèvre puis se détendit, comme si tout allait parfaitement bien. Il haussa les sourcils vers Channon en guise de salutation.

"Ça va ?"

Channon haussa les épaules, baissant la tête pour cacher son rougissement. "C'est bon."

Mais cela n'allait pas suffire. Ewan connaissait assez bien Channon, après tout, et était particulièrement enthousiaste à chaque fois qu'il pensait que Channon cachait un sale secret. "D'accord ? Vous êtes sûr ?" Ewan a glissé une botte de combat pour frapper Channon dans la jambe. "Tu n'as pas eu une sorte de réveil pervers ?"

"Nous avons déjà fait du bondage dans des situations difficiles", a déclaré Channon. "Je ne suis pas réveillé."

« Ah oui ? Qu'avez-vous fait ?" Ewan a plissé le nez sur scène. « Tout cela est tellement compliqué. Les gens doivent toujours fabriquer des engins et tout ça. Je n'ai pas envie de le regarder.

C'était une déclaration qui comportait une grosse lacune. "Mais tu aimes le faire, n'est-ce pas ?" Channon devina.

Ewan lui lança un regard étroit. "Peut être." Il jeta un coup d'oeil à Channon et sourit narquoisement. « Je suppose que tu aimes beaucoup ça. Vous êtes tout énervé.

"Non, ce n'est pas le cas", protesta Channon, ce qui ne fit probablement que le rendre encore plus troublé. « C'est juste que... ce sont pour la plupart des gens nus sur scène. Tout le monde aime ça.

Le sourire d'Ewan était méchant. "Oh, bien sûr, tu aimes regarder une femme nue, tout d'un coup." Il alla se pencher mais grimaça alors que le mouvement tirait ses propres cheveux contre la poigne de Nate. "Non, je parie que je sais ce que tu aimes. Vous aimez penser à papa qui vous ramène à la maison et vous met dans des situations difficiles. Ai-je raison?"

«Non», mentit Channon.

« Ne fais pas semblant. Tu vas écrire à ce sujet dans ton journal fantastique et pervers, n'est-ce pas ? Montre à ton vieux ce que tu veux qu'il te fasse ?

Channon n'aurait jamais dû parler à Ewan du journal fantastique. Il ouvrit la bouche pour protester, mais ensuite... alors il se demanda pourquoi c'était important. Ewan était tout aussi pervers que lui – encore plus pervers. Il ne se souciait pas de ce que Channon faisait avec Jack, du moment que c'était sûr, sain d'esprit et consensuel. Ewan aimait juste taquiner.

Et Channon... aimait plutôt se faire taquiner.

Il cligna des yeux, surpris par cette réalisation. Ewan le narguait comme il le faisait toujours. C'était en réalité une légère forme d'humiliation, et Channon découvrit, à sa grande surprise, que savoir cela ne le faisait pas détester cela.

Ewan prêtait attention à lui, le piquant comme d'habitude, et c'était d'une certaine manière assez flatteur d'être au centre de l'attention d'Ewan. Ewan était son meilleur ami et un ami qui présentait des avantages. Certains de ces avantages étaient pervers.

C'était aussi bizarre ?

Parfois, Channon avait l'impression qu'Ewan et Nate étaient presque une extension de lui et Jack, une sorte de bonus supplémentaire à leur relation. Ils avaient déjà joué ensemble auparavant, et la façon dont ils finissaient par traîner en groupe lors d'événements comme celui-ci donnait l'impression qu'ils étaient leur propre club privé. Channon avait entendu quelqu'un lors d'une soirée de jeu plaisanter en disant qu'ils étaient tous les quatre un objet, et même si Jack en avait ri à l'époque, Channon n'était pas vraiment sûr à quel point cela était loin de la vérité.

Maintenant Channon regardait Ewan, ne sachant pas quoi dire, et optait pour l'honnêteté. "D'accord, bien sûr, l'idée de le faire est chaude. Comme si tu ne pensais pas qu'il faisait chaud aussi.

Ewan sourit comme s'il avait gagné. "Je n'ai jamais dit que ce n'était pas le cas."

Oh. Alors Ewan aimait le bondage dans les situations difficiles ? Une image traversa l'esprit de Channon, écrasant le prédica-gif précédent. Quelque chose comme ce qui s'était passé sur scène, mais à la place de l'homme, c'était Channon. Et au lieu de la femme...

L'idée d'Ewan criant comme elle était si intense que Channon dut la repousser avant qu'Ewan ne la voie sur son visage. Il fit une moue moqueuse. « Soyez gentil avec moi », dit-il, faisant semblant d'être sévère à ce sujet. «Je vais passer deux jours entiers seul avec Nate à Dallas. Qui sait ce qui va se passer ?

Cela attira Ewan pendant un moment, puis il sourit. « Votre Monsieur, pour commencer. Tu ne feras rien avec Nate, il ne te le dit pas.

"Vous savez le genre de choses qu'il m'ordonne de faire", répliqua Channon, haussant les sourcils pour inviter Ewan à spéculer.

Jack avait effectivement ordonné à Channon de faire beaucoup de choses, et à plusieurs reprises, il avait ordonné à Channon de se soumettre à Nate, ou au moins de se faire baiser par lui. Ewan l'avait vu une fois alors qu'ils jouaient tous les quatre ensemble. Ewan avait vu Channon à genoux avec la bite de Nate dans la bouche. Ewan avait dit que cela ne le dérangeait pas, mais c'était une chose quand Ewan était là et une autre quand il ne l'était pas. Channon n'était pas sûr de la position d'Ewan maintenant.

Ewan ne semblait cependant pas préoccupé par cette possibilité. "Oh, oui, votre Monsieur peut vous ordonner de faire ce qu'il veut, et

vous le ferez, j'en suis sûr. Mais mon Monsieur fait ce que je lui dis, et...
»

Il glapit tandis que la main dans ses cheveux tirait fort. "Désolé, qu'est-ce que c'était?" » dit Nate d'un ton doucement dangereux. "Est-ce que je viens de t'entendre dire des conneries sur moi ?"

Ewan se mit à genoux, essayant de relâcher un peu la prise que Nate avait sur ses cheveux. « Ah ! Non, c'est juste que... —

Parce qu'on aurait vraiment dit que tu parlais de la merde sur moi, dit Nate sur le même ton dangereux. "Et si vous dites de la merde sur moi, je pense que cela mérite un démérite."

Ewan se tourna vers lui, grimaçant douloureusement. "Non! Je ne l'étais pas, je le promets !

"Alors qu'est-ce que tu as dit?" » demanda Nate.

Ewan avait l'air pris. "J'ai dit... mon monsieur fait ce que je lui dis, mais!" ajouta-t-il rapidement tandis que la poigne de Nate se resserrait. "Je voulais dire que tu ne le feras pas... tu ne le feras pas... tu ne baiseras pas d'autres personnes sans t'assurer d'abord que je suis d'accord avec ça."

L'expression de Nate était mitigée. En tout cas, il semblait trouver cela amusant. "Oh, c'est ce que tu voulais dire ? Je vois. Eh bien, c'est vrai. Continuez », et il repoussa Ewan sur le sol, plus fort que Channon ne l'aurait souhaité.

Ewan lança un regard renfrogné en direction de Nate et se frotta le cuir chevelu. "De toute façon. Voir?"

Si Channon avait déjà été réprimandé ainsi par Jack, il n'aurait pas pu s'en débarrasser aussi facilement. Surtout en public. L'idée était mortifiante. Mais quand il leva les yeux, il vit Jack lui sourire légèrement. Le pouce de Jack frotta sous l'oreille de Channon, et Channon savait que lui, au moins, n'avait pas d'ennuis.

"Je m'en fiche si tu joues avec lui", poursuivit Ewan, imperturbable. « Comme... je sais que tu ne peux pas prendre ce qu'il te distribue comme je peux le faire. Donc je sais que tu ne seras pas fouetté comme il me fouette. Il cligna des yeux vers Channon, paraissant soudain un peu timide. "Ça ne me dérange pas si, tu sais, tu as besoin de t'agenouiller à ses pieds et de se faire dire que tu as été un bon garçon."

Channon fut surpris. Ewan... lui proposait Nate ? Il ne savait même pas s'il le voulait.

« Quoi qu'il en soit, tu ne devrais pas être plus inquiet pour moi et ton vieux ? Ewan lui lança un sourire méchant, tout en dents et en impertinence. "Je pense que je pourrais mettre votre monsieur en colère."

Pendant un instant, Channon pensa qu'Ewan voulait dire au lit. Son cerveau rejetait cette pensée comme s'il crachait quelque chose d'amer. Mais ensuite il y réfléchit. Nate avait dit que Jack devrait s'occuper d'Ewan. Et Ewan était... Ewan. Un gosse. Quelqu'un qui aimait appuyer sur les boutons d'un Dom pour obtenir une réaction.

Avec Channon, la patience de Jack semblait infinie. Quoi qu'il en soit, tant que Channon faisait de son mieux et que Jack pouvait le voir, il ne serait jamais en colère contre Channon. Il ne le punirait pas injustement (à moins que le but de ce qu'ils faisaient était que c'était injuste) et il ne perdait jamais son sang-froid.

Mais avec Ewan ?

"Je pourrais le faire craquer en vingt-quatre heures", dit Ewan, semblant content de lui. "Douze, si j'y mets le dos."

Channon n'était pas sûr si c'était l'idée ou le sourire méchant d'Ewan qui lui faisait picoter le dos.

Puis il se secoua, se sentant ridicule. Ils étaient tous deux adultes. Ils pourraient faire preuve de maturité à ce sujet.

Ewan et Jack, coincés l'un avec l'autre pendant quelques jours. Quel était le pire qui pouvait arriver ?

Chapitre 2

« Avez-vous apprécié le spectacle ? » » demanda Jack dans la voiture. Il l'avait lui-même apprécié, dans la mesure du possible. Mais pour lui, assister à ce genre d'événements était généralement plus social que pervers et satisfaisant.

Channon hocha la tête. "Oui, Monsieur," dit-il, son regard dérivant par la fenêtre. Il était distrait. Jack tendit la main par-dessus la console centrale et tapota le genou de Channon, ce qui attira assez intelligemment son attention. "Monsieur?"

"Dites-moi ce que vous avez aimé dans la série", a demandé Jack.

Channon s'appuya contre la portière du côté passager, se mordillant la lèvre. "J'ai aimé... Je pense que j'ai aimé penser à ce que ce serait si c'était moi qui me faisais faire tout ça." Il baissa les yeux sur ses mains, ses doigts se tortillant l'un contre l'autre. «J'ai aimé quand le gars devait rester immobile pour ne pas blesser cette femme. Je... j'ai aimé ça.

Jack n'aurait pas dû être surpris par cela, et pourtant, d'une manière ou d'une autre, il l'était. « Qui voulais-tu être dans ce scénario ? La personne qui devait rester immobile pour que l'autre ne lui fasse pas de mal, ou celle qui se blessait lorsque le premier échouait.

"L'un ou l'autre," dit Channon, levant les yeux d'un hibou.

Cela surprit encore plus Jack. « Je n'aurais pas pensé que tu aimerais avoir la responsabilité de devoir travailler dur pour ne pas blesser quelqu'un. Il y a tellement de possibilités d'échec. C'est intégré à l'exercice. Et je sais que tu détestes l'échec.

Arrêté à la lumière, Jack tendit la main pour écarter les cheveux de Channon de son front. Son beau garçon, qui voulait seulement être le meilleur de lui-même, toujours.

« C'est vrai, monsieur. Mais... je pense que si c'était Ewan, je... » mais il s'interrompit, l'air embarrassé.

Ah. Maintenant, tout avait un sens. Jack entra dans le garage sous leur immeuble et gara la voiture avant de répondre. "Tu veux faire du bondage difficile avec Ewan."

Channon lui lança un regard surpris. "Est-ce OK ? Je pense juste que ce n'est pas comme si je voulais vraiment... »

« C'est bon, » Jack prit la main de Channon et la serra. "Mais je ne pense pas qu'Ewan me laisserait lui faire ça."

Channon semblait perplexe. "Je veux dire, mais Nate serait là."

"Oh, dans ce cas." Jack est sorti de la voiture. Il plaça Channon (déjà enveloppé dans le manteau de Jack pour cacher la corde qui sillonnait son torse) sous son bras et l'accompagna jusqu'à l'ascenseur. «J'aime que tu penses à ça. Comment ça marche ? Nate et moi vous lions, toi et Ewan, ensemble et vous torturons tous les deux ? Je pourrais obtenir derrière cela."

C'était apparemment trop direct ; Channon cacha son visage dans l'épaule de Jack. "Je ne sais même pas si Ewan serait intéressé par ça."

"Nous fantasmons, chérie, laisse ton imagination prendre le dessus."

C'était merveilleux de voir Channon surmonter sa réticence naturelle à penser et à dire des choses très sales. Jack adorait ça, et maintenant il pouvait voir Channon se tortiller sur ce qu'il voulait réellement. L'ascenseur avait presque atteint le dernier étage avant que Channon ne propose une réponse.

"Je ne pense pas qu'Ewan puisse le faire," dit-il lentement. « Il ne peut pas être celui qui essaie de m'empêcher d'être blessé. C'est juste qu'il... je ne pense pas qu'il ait l'endurance nécessaire.

Oh, c'était presque de la vantardise. Jack prit Channon par les épaules et le retourna, joyeux.

"Chérie. Êtes-vous en train de prétendre que vous avez l'endurance ? »

Channon rougit, enfonçant ses dents dans sa lèvre. « Je suis plus fort que lui », dit-il avec un léger embarras. « Et, par exemple, je fais de l'entraînement en résistance. J'ai donc une meilleure chance que lui,

» continua Channon en regardant Jack dans les yeux. "Cela ne veut pas dire que j'ai assez d'endurance pour ne pas gâcher, Monsieur, mais je pense que vous le voulez. Je pense que c'est tout l'intérêt de tout cela.

Oh, comme Jack l'aimait. "C'est vrai", dit-il, enroulant la laisse de Channon autour de sa main et en faisant sortir Channon de l'ascenseur. Une fois qu'ils furent en sécurité à l'intérieur du condo, Jack poussa Channon contre le mur et le maintint là, prenant un moment pour admirer son garçon. "Donc. Vous ne voulez pas qu'Ewan soit blessé dans ce scénario.

Channon secoua la tête. "Non monsieur."

Jack sourit, pressant son genou entre les cuisses de Channon pour le maintenir en place. "Tu sais, tu serais le seul dans cette pièce à ne pas vouloir qu'Ewan soit blessé."

Parce qu'Ewan était masochiste. Ewan, de l'avis de tous, avait besoin de douleur pour rester au sol, contre lequel il était en colère, pour le forcer à se soumettre. Et Nate, un sadique consciencieux, aimait repousser les limites de ce qu'Ewan pouvait tolérer.

Jack aimait aussi blesser les gens, mais pas comme Nate. Pour Nate, il y avait une joie sauvage à infliger de la douleur, quelque chose de sauvage et de dangereux. Pour Jack, tout était question de contrôle. Quand il blessait Channon, c'était parce que Channon lui appartenait, qu'il pouvait en faire ce qu'il voulait, et si cela incluait de la douleur, qu'il en soit ainsi. Mais Nate aimait juste faire du mal aux jolies choses. Ewan, dit-il, était beau quand il souffrait.

Mais Channon n'aimait pas la douleur. Il l'a enduré comme un signe de soumission, pour plaire à son Monsieur, comme un moyen de montrer son dévouement envers Jack. Quand Ewan était blessé, Channon l'aimait encore moins, même s'il savait comment Ewan s'en sortait, il en avait besoin pour l'aider à lâcher prise. C'était la différence entre eux. Ewan a dû être forcé de se soumettre. Channon s'abandonnait à Jack à chaque respiration.

Jack savait lequel il préférait.

"À genoux", dit-il, relâchant Channon et reculant.

Channon glissa à genoux avec la facilité de l'entraînement. Le manteau de Jack s'accumulait sur le sol autour de lui. Il leva les yeux, les yeux écarquillés et verts, les lèvres entrouvertes par anticipation. "Puis-je prendre vos chaussures, Monsieur?"

"Vous pouvez."

Jack le regardait travailler. Channon était prudent dans la façon dont il servait, délaçant les chaussures de Jack et les mettant soigneusement de côté. Plus tard, Jack demanderait à Channon de les nettoyer et de les polir pour lui, mais pour l'instant il y avait des choses plus importantes à faire.

Jack enfonça ses doigts dans les cheveux de Channon, les serrant fermement. "Tu as été un bon garçon ce soir," dit-il doucement. Il aimait la façon dont Channon se penchait dans la prise, écoutant la voix de Jack, même si elle était grave. L'attention de Channon était en soi un frisson. « Je vais vous donner le choix. Vous pouvez venir ce soir ou attendre notre rendez-vous de mardi.

Il regarda Channon se débattre avec ce choix, ses yeux verts levés pour examiner l'expression de Jack à la recherche d'un piège caché. « Mais vous allez venir, n'est-ce pas, Monsieur ? De toute façon?"

"Oh oui," dit Jack en souriant à son garçon intelligent. "Je vais te baiser tous les jours et je ne me priverai pas du plaisir de venir en toi." Il caressa les cheveux de Channon tandis que Channon absorbait cette information, regardant les joues pâles de Channon se colorer dans la douce lumière de leur appartement. "Vous n'aurez qu'à attendre."

Toute cette stimulation et aucun gain. Channon pourrait-il s'en occuper ? Jack savait qu'il essaierait. Il faisait confiance à Channon pour qu'il fasse toujours de son mieux pour faire ce que Jack exigeait de lui. Channon serait sans aucun doute dans un état de désordre d'ici mardi, avec un déclencheur auquel Jack devrait faire attention s'il ne voulait pas que Channon se brise au premier contact. Mais ce serait amusant en soi.

Channon s'humidifia les lèvres, ses yeux pétillants alors qu'il réfléchissait. "Mais si je viens ce soir... quel est le problème ?"

"Rien, chérie," lui dit tendrement Jack, enroulant à nouveau ses doigts dans les cheveux de Channon pour le regarder grimacer. "Mais si vous pouvez attendre jusqu'à mardi, je serai très, très fier de vous."

Channon gémit en fermant les yeux. C'était vraiment injuste, parce que Jack connaissait assez bien Channon pour savoir ce qu'il allait choisir. Jack aurait pu simplement ordonner à Channon de ne pas venir, et Channon aurait accepté cela comme une loi. Mais c'était amusant de lui faire faire ça à lui-même.

"Alors... alors j'attendrai, Monsieur," dit Channon, le visage tordu par la résignation. "Je vais le faire."

Jack sentit sa bouche s'étirer en un sourire joyeux. Là. Exactement ce qu'il voulait. «C'est mon bon garçon. Maintenant." Jack se leva, dominant Channon à genoux. Il enroula le cordon de la laisse de Channon autour de sa main jusqu'à ce que son poing soit sous le menton de Channon. "Sortez-moi."

Docilement, Channon attrapa la ceinture de Jack. Il dégrafa le pantalon de Jack et l'ouvrit, tirant le caleçon de Jack vers le bas pour l'exposer. Il leva les yeux, les mains toujours sur la bande du sous-vêtement de Jack, et se lécha les lèvres comme s'il avait déjà deviné ce qui allait arriver.

"Les mains derrière le dos", dit Jack. "Ouvrez la bouche."

C'était gratifiant de voir à quel point Channon obéissait rapidement. D'une main, Jack maintenait Channon en place avec la laisse, et de l'autre il glissait ses doigts sur sa queue qui s'épaississait. Les yeux de Channon étaient fixés sur la main de Jack alors que Jack se pompait lentement. Jack pressa la tête de son sexe contre la lèvre de Channon, l'enduisant de prévenu.

Channon était si belle comme ça. Obéissant, désireux, prêt, disposé. Jack posa la tête de son sexe sur la langue de Channon. «

Fermer », dit-il. Les lèvres de Channon se fermèrent sur lui, ses yeux levés pour observer le visage de Jack. Vénérable.

Jack n'avait pas besoin de dire à Channon de ne pas être nul. Channon savait maintenant que sucer la bite de Jack était un privilège qui devait lui être accordé. Au lieu de cela, Jack le poussa, le maintenant en place avec la laisse, ressentant le frisson brûlant d'utiliser la bouche de Channon, sachant à quel point Channon serait excité et combien il aurait mal plus tard s'il ne pouvait pas jouir.

Je devrais le faire attendre une semaine, pensa Jack, baisant lentement le visage de Channon. Deux semaines. Un mois. Voyez combien de temps il lui faut pour se renverser dans son sommeil. Voyez à quel point il est angoissé de m'avoir laissé tomber.

Parce qu'il en serait bouleversé, et alors Jack pourrait soit le punir, soit le consoler, puis le faire recommencer. Peut-être que la punition pourrait être trop d'orgasmes. Jack pourrait l'attacher et lui attacher une baguette magique, essorer Channon jusqu'à ce qu'il supplie Jack d'arrêter.

Jack ferma les yeux, imaginant la supplication en larmes de Channon, et enfouit une main dans les cheveux de Channon, s'enfonçant plus profondément dans la bouche de Channon, dans sa gorge. Channon émit un son étranglé. Jack lui laissa un peu de répit. Il baissa de nouveau les yeux, et Channon le regardait toujours comme si Jack était un héros ou un dieu.

C'était bien.

C'était ce que Jack voulait, son ange obéissant prenant tout ce que Jack lui donnait. La puissance de cela le ravissait, pimentant le plaisir de baiser la bouche de Channon, de caresser aussi profondément la gorge de Channon que son garçon pouvait le supporter.

"Continuez," ordonna grossièrement Jack. "Suce-moi."

La soudaine serrement de la bouche de Channon envoya des sensations soudaines à travers lui. Il lâcha les cheveux de Channon pour se pencher et saisir ses couilles, appuyant fort derrière elles. Et puis il jouit, inondant la langue de Channon de la seule récompense que Channon allait recevoir ce soir. Jack gémit, palpitant dans la bouche de Channon, sentant ses genoux trembler sous la force de celui-ci. Il se mit sur la pointe des pieds, le soulagement l'envahissant dans une belle léthargie.

Il baissa les yeux sur Channon, dont les lèvres étaient toujours enroulées autour de sa queue. De l'eau s'est accumulée au coin des yeux de Channon. "Avale," dit Jack. Il sentit Channon le faire, déclenchant un autre battement dans la bite de Jack. Puis Jack sortit et passa son pouce sur la bouche humide et gonflée de Channon. "Bon garçon," dit-il en souriant, et Channon lui rendit son sourire.

"Merci, Monsieur," dit-il, semblant honnêtement reconnaissant, malgré l'abstinence forcée. Jack le croyait.

Garçon parfait. Jack ne le voudrait pas autrement.

Chapitre 3

Channon aimait voler. Il ne s'intéressait pas particulièrement aux aéroports, mais cette sensation d'avion qui décollait, le changement soudain entre « avion sur la piste » et « avion définitivement en l'air » lui faisaient picoter les tripes.

Lorsqu'il a exprimé cela à Nate lors de leur vol à destination de Dallas, Nate a déclaré: "Vous pourriez prendre des cours de pilotage."

Channon le regarda. "Moi? Pourquoi?"

Nate sourit. « Parce que vous pouvez vous le permettre et que ça a l'air amusant. Vous pourriez acheter un Cessna.

Cela semblait absolument ridicule. La poitrine de Channon lui faisait mal à cette pensée. "Ewan se moquerait de moi pour toujours."

"Bien sûr, mais ce n'est pas votre patron." Pourtant, Nate a laissé tomber. « Enthousiasmé par la conférence ?

"Pas vraiment excité", a avoué Channon. "Nerveux, je suppose."

"À propos de quoi? Vous avez peur que les gens ne vous aiment pas ? Tu ne te feras pas d'amis ?

Cela fit frissonner Channon involontairement. «Eh bien, je ne l'étais pas avant», dit-il. Mais ensuite il secoua la tête. « C'est juste que... parfois j'ai envie de poser des questions, mais je ne veux pas risquer de paraître stupide. Tu sais."

Nate hocha la tête. "Relatable."

"Je ne peux pas imaginer que tu t'inquiètes à ce sujet", dit Channon en regardant Nate de côté. "Tu ne sembles inquiet de rien."

"J'ai absorbé beaucoup de froid californien, c'est vrai", a déclaré Nate, apparemment peu affecté par cette déclaration. Il avait rangé son téléphone et son ordinateur portable, et maintenant ses doigts tapaient nerveusement sur sa jambe. «Mais je me souviens des premières fois où Jack et moi avons essayé de parler aux investisseurs, il y a longtemps. J'avais peur qu'ils pensent que j'étais un pirate informatique ou un fraudeur.

"Alors, qu'est-ce-qu'il s'est passé ?"

Nate lui lança un sourire blanc, semblable à celui d'un requin. « J'ai réalisé que je n'étais pas le seul. C'est comme la masculinité », a-t-il poursuivi, faisant distraitement des étirements de mains que Channon a reconnus grâce à la carte OSHA posée sur son propre bureau. « Nous sommes tous ici pour faire front, terrifiés à l'idée d'être découverts. Mais si tout le monde fait semblant, inutile de s'inquiéter. Quoi qu'il en soit, maintenant je laisse Jack faire toutes les fanfaronnades. Il apprécie ça.

Cela ne semblait pas être une fanfaronnade pour Channon, mais Jack projetait certainement une sorte de confiance qui était plus grande que n'importe quel homme ne pouvait réellement l'être. Channon ne pouvait pas nier qu'il trouvait cela attirant, mais plus que cela, Channon aimait voir le Jack qui existait en privé, une sorte de confiance différente. Monsieur, pensa Channon en souriant intérieurement. Son Monsieur, et le sien seul.

Ou pas entièrement à lui seul. Il y avait une partie de Jack qui appartenait d'une manière ou d'une autre à Nate. Channon en était conscient même s'il ne pouvait pas l'exprimer pleinement : Jack et Nate formaient une unité, une entité qui existait en conjonction avec ce que Jack et Channon étaient ensemble. Channon a essayé d'en imaginer un diagramme de Venn, mais cela n'a pas vraiment fonctionné. Pourtant, c'était vrai. Nate avait accès à des parties de Jack que Channon n'avait pas.

Il se demandait si cela devait le déranger. Le fait que cela ne semble pas étrangement surprenant. De la même manière que Jack encourageait Channon à avoir des relations sexuelles avec des gens qui n'étaient pas Jack, Channon réalisait qu'il voulait que Jack ait ce qu'il avait avec Nate, une proximité et une compréhension qui étaient différentes de celles entre Jack et lui.

Et c'était bien parce que Nate n'était pas une menace pour lui. Channon ne pouvait pas imaginer que Nate puisse un jour constituer une menace pour ce qu'il avait avec Jack. Mais Channon ne pouvait pas non plus s'imaginer être une menace pour ce que Jack avait avec Nate, donc cela semblait assez juste.

Lorsqu'ils ont atterri à Dallas, un chauffeur les attendait. Nate discutait tranquillement avec le gars, découvrant tous les meilleurs endroits pour manger, boire ou voir de la musique live comme s'il était vraiment en vacances. Channon a joué Yankai's Peak sur son téléphone, sans vraiment l'écouter.

À l'hôtel, après l'enregistrement, Nate a dit : « Allez-vous dîner ce soir ?

Channon secoua la tête. « Ce n'est pas pour les VIP ? »

"C'est pour tous ceux qui peuvent se permettre un billet", lui dit Nate en souriant. « Mais je suppose que tu as un budget limité, hein ? Peut-être que tu n'as pas un assez beau costume.

"Oh, bien sûr," dit Channon, essayant de garder un visage impassible. "Ouais, je ne peux pas me permettre des choses comme ça."

Nate hocha sagement la tête. "Dommage. Mais je suppose que de toute façon, vous n'êtes pas autorisé à manger la moitié des plats du menu.

C'était en fait vrai. "J'ai entendu dire que le service d'étage propose du jus vert", a déclaré Channon, ce qui a fait rire Nate.

Ils étaient au même étage, mais quand Channon partit dans le couloir, Nate l'arrêta.

"Jack voulait que je te donne ça," dit-il avec un sourire de loup. « Ceci » était une longue boîte avec un extérieur uni et noir. C'était lourd et plutôt solide, rien ne vibrait à l'intérieur.

Rembourré en mousse, décida Channon. Il le regarda d'un air dubitatif. "Est-ce que je veux même savoir ce qu'il y a ici ?"

Nate rit. "Oh, je parie que oui. Ne l'ouvre pas encore, » prévint Nate, faussement sérieux. "On m'a dit qu'il fallait avoir une autorisation."

Un picotement d'anticipation familier éclata dans le ventre de Channon. Quoi qu'il en soit, Nate le savait. Et Nate pensait que ça lui plairait. Ou je déteste ça. Quoi qu'il en soit, cela n'allait pas être quelque chose d'insignifiant. Channon avait des soupçons, mais il hocha simplement la tête et demanda si Nate avait besoin de lui pour quelque chose.

Nate le renvoya d'un geste de la main. "Non, tu vas t'amuser."

Cela n'a vraiment pas apaisé les soupçons de Channon. Il emporta la boîte dans sa propre chambre et la posa sur la table de chevet, où elle le nargua.

En fait, la chambre de Channon était une suite de pièces. Pas assez sophistiqué pour le mettre très mal à l'aise, mais suffisamment pour qu'il appelle Jack immédiatement, alors qu'il était encore en train de déballer ses bagages.

"Coucou mon coeur. Comment était le vol ?" » demanda Jack.

"Bien. Ils avaient des chips de chou frisé », lui dit Channon en raccrochant sa veste pour l'empêcher de se froisser.

"Service A-plus", dit Jack avec amusement.

Channon se dirigea vers la fenêtre et regarda dehors. Le ciel était déjà sombre, mais la ville était illuminée comme Noël. «Monsieur», dit-il délibérément. "Quand tu as dit que Cynthia réserverait ma chambre pour moi, lui as-tu demandé de la surclasser ?"

"Aimez-vous ?" » demanda Jack, un sourire clair dans la voix.

Channon ramassa ce qu'il pensait être une figue et la renifla. "Il y a une corbeille de fruits."

"Vous avez le droit de manger des fruits."

Cela méritait un coup d'oeil. Channon se mordit la lèvre. "Je ne pense pas que les paniers de fruits fassent partie intégrante du programme d'aménagement des formations des employés."

Cela fit rire doucement Jack. « Non, ce n'est probablement pas le cas. Renvoyez-le si vous n'en voulez pas.

Eh bien, Channon n'allait pas faire ça, même s'il ne savait pas vraiment comment manger des figues fraîches. «Je vais le garder. Merci Monsieur. Euh... » Il hésita.

"Ouais?"

«Nate m'a donné quelque chose. Il a dit que je devais vous demander la permission de l'ouvrir.

Cette fois, le rire de Jack était plus profond et un peu plus suggestif. "Vous n'avez pas encore la permission."

Oh mon Dieu, ça a rendu les choses encore pire. Mais Channon savait qu'il valait mieux ne pas discuter. "D'accord Monsieur."

"Quels sont tes projets pour ce soir?" » demanda Jack.

"J'allais prendre une douche, acheter une salade de poulet et de quinoa auprès du service d'étage et, euh, peut-être regarder quelque chose ?"

"Tu veux regarder un film avec moi, chérie?"

Channon l'a vraiment fait. "Oui, s'il te plaît," dit-il.

"D'accord, eh bien, va commander à dîner et prépare-toi, puis rappelle-moi. Je vais voir ce qui est bien sur Netflix.

"Oui, Monsieur," dit Channon, reconnaissant et satisfait.

?

Le premier jour de la conférence s'est déroulé presque entièrement sans incident. C'était comme toutes les autres conférences auxquelles Channon avait assisté auparavant, habilement corporatives et tendant vers le snobisme. Cependant, s'agissant d'une conférence technologique, les participants étaient un mélange de types de bureau conservateurs, d'entrepreneurs technologiques et de programmeurs en jeans et t-shirts graphiques. Channon portait un blazer et un jean. Nate avait l'air d'une décontraction désarmante avec un bouton et les manches retroussées. Tout le monde traitait Nate comme un roi, ce que Channon trouvait amusant car Nate ne s'était même pas rasé pour ça.

On leur a offert du café et des pâtisseries – Channon a refusé un croissant parce que c'était un aliment interdit sans autorisation – et Nate a ensuite dû serrer la main de nombreuses personnes qui semblaient penser que Channon était son assistant.

Nate ne les laissa pas s'en sortir longtemps. Il a présenté Channon comme : « Un de nos juniors. Channon a débuté comme stagiaire, mais il est désormais un membre à part entière de l'équipe. Notre programme de stages a un excellent taux de rétention », a-t-il ajouté, se lançant dans un discours bien répété sur JNNS dans lequel Channon devinait que Jack avait contribué.

Pour sa part, Channon a serré la main, a souri poliment et a empoché des cartes de visite. Jack lui avait dit de photographier et d'annoter les cartes à la fin de la journée pour lui rappeler qui il avait rencontré et pourquoi elles pourraient être utiles à l'avenir. Même si cela semblait être un bon conseil, Channon devait se demander si c'était vraiment nécessaire. Quand allait-il appeler l'une de ces personnes pour obtenir une faveur ?

Nate ne parlait qu'après le déjeuner, alors il tint compagnie à Channon pour la matinée. Ou peut-être que c'était l'inverse; Nate a suggéré à Channon de l'accompagner aux sessions optionnelles qu'il avait choisies, et Channon était heureux de lui répondre. Deux des séances étaient assez intéressantes et Channon a pris des notes. L'un semblait très impressionnant jusqu'à ce que Channon remarque que Nate avait sorti son téléphone et envoyait furieusement des SMS. Quand il a vu Channon regarder, il a incliné l'écran pour que Channon puisse voir : c'était à Ewan, décrivant la prémisse de base de ce que le présentateur disait en termes directs et dédaigneux. La réponse d'Ewan fut beaucoup de jurons en colère. Cela semblait avoir été le but, car Nate sourit avec indulgence et rangea de nouveau son téléphone.

Il y avait un déjeuner buffet. Nate tendit silencieusement à Channon un seul morceau de laitue avec une paire de pinces, que Channon accepta avec la même solennité. Quand Nate a vu la quantité de nourriture que Channon mettait dans son assiette, il s'est moqué de lui-même.

« Eh bien, vous ne mourez pas de faim », dit-il.

"Les protéines", lui a dit Channon, "est importante pour la construction musculaire."

Nate sourit. "Mmm, eh bien, quoi que tu fasses, ça marche, alors je vais m'occuper de mes propres affaires."

Et puis vint l'heure du discours d'ouverture de Nate, ce qui signifiait qu'ils devaient se séparer.

Nate tendit son téléphone à Channon. « Gardez-moi ça, voulez-vous ? C'est silencieux, mais je fais ce rêve récurrent où ça commence à sonner au milieu d'un discours, et puis je réalise que je porte des jambières sans cul. Il sourit. Channon ne savait pas si c'était réellement vrai, mais il rangea son téléphone dans sa poche et trouva un siège au fond du couloir, à l'écart.

C'était une de ces salles de conférence typiques avec une scène à une extrémité et des tables rondes entourées de chaises. La table de Channon se remplit peu à peu de gens qu'il ne connaissait pas, ce qui signifiait qu'il devait se présenter.

Il l'a fait de la même manière que Jack l'avait percé : contact visuel, poignée de main ferme mais pas saccadée, sourire confiant. "Channon Beaumont, JNNS Tech."

"JNNS?" » dit une des femmes en se redressant. « Travaillez-vous directement avec Nate Scott ? Elle avait le programme des événements ouvert sur la page avec la photo de l'entreprise de Nate dessus.

"Pas directement. Mais il est au sommet de la chaîne hiérarchique », a précisé Channon.

La femme semblait déçue. "Donc il n'y a absolument aucune chance que vous puissiez me présenter ?"

"Euh... je veux dire, pour quoi faire ?" » demanda Channon, un peu confus.

La femme lui lança un regard ironique. « Réseautage », dit-elle. "N'est-ce pas pour ça que tu es ici?"

«Je remplis mes heures de développement professionnel», lui a dit Channon. « Les RH nous donnent un quota à respecter chaque année, alors j'essaie de l'éliminer. »

La femme se pencha en souriant. "Ooh, dis-m'en plus."

Il était clair qu'elle souhaitait travailler pour JNNS. Channon a donné un résumé aussi bon que possible de ce que c'était.

« Est-ce que Jack Nash descend parfois dans le stylo des développeurs ? » demanda-t-elle finalement.

Channon sentit son visage chauffer. "Pas souvent. Mais il passe parfois. Il est, euh, plutôt occupé.

"Je parie!" Elle avait l'air d'être sur le point d'en dire plus, mais quelqu'un s'est approché du micro et a commencé à les souhaiter à tous à la conférence.

Channon était désormais habitué aux discours ennuyeux ou banals de l'industrie. Il se prépara à cet ennui potentiel. L'homme au pupitre était reproduit à l'échelle 10x sur l'écran derrière lui, et Channon trouva son attention distraite par la cravate fantaisie du type. Il y avait de petites puces informatiques colorées dessus. Les puces informatiques avaient de grands yeux de dessin animé. Channon essayait d'imaginer Nate ou Jack le portant, mais n'y parvenait pas. Ewan, cependant...

Il dut effacer le sourire narquois de son visage. Ewan détesterait cette cravate. Channon devrait lui en offrir un pour Noël.

Le gars au pupitre présentait maintenant Nate, énumérant l'histoire et les réalisations de Nate. Ce n'était rien que Channon n'avait jamais entendu auparavant, mais il y avait une sorte de fierté à l'entendre à nouveau. Pas tout à fait la fierté qu'il ressentait lorsque quelqu'un faisait la même chose pour Jack lors d'une de ses conférences. Mais il y avait quand même une sorte de possessivité à entendre parler maintenant de Nate. Notre Nate, Ewan l'appelait parfois, et même si Channon était pleinement conscient que (même si Nate appartenait à n'importe qui) Nate appartenait à Ewan, Channon ressentait toujours une sorte de satisfaction à l'entendre loué ainsi.

Lorsque Nate est monté sur scène, la salle a éclaté sous des applaudissements. Cela fit un peu sourire Channon, parce que Nate avait l'air... eh bien, il avait l'air bien là-haut. Il était beau, soigné, avec sa barbe dorée plutôt rêche que négligée. Il s'était fait couper les cheveux récemment. Et il a égalé l'énergie du public avec un sourire blanc et éclatant.

"Wow," dit Nate dans le micro. « Merci, Dave. Vous savez, chaque fois que quelqu'un me présente en énumérant des choses que j'ai faites, j'ai l'impression qu'il parle de quelqu'un d'autre. Parce que, bien sûr. J'ai fait tout ça, c'est vrai. Mais c'est du passé, et honnêtement, j'ai du mal à vivre dans le passé. Je préfère me concentrer sur l'avenir.

Channon a consciencieusement pris des notes. Nate semblait être un bon orateur, même s'il prétendait laisser ce genre de choses à Jack. Il avait une belle voix. Channon imaginait que Nate ferait un bon narrateur. Peut-être lire des livres sales. Il sourit à ses notes ; il pourrait le suggérer comme plan de secours au cas où l'histoire du milliardaire échouerait.

Sa poche commença à bourdonner de colère – non pas le simple bourdonnement d'un message mais le battement persistant de quelqu'un qui appelle. Il essaya de l'ignorer, mais il réalisa ensuite que ce n'était pas son téléphone. C'était le téléphone de Nate.

Il hésita. Doit-il vérifier ? Était-ce invasif ? Et si c'était important ? Une situation d'urgence? Que pourraient faire l'un ou l'autre en cas d'urgence ? Nate était sur scène. Quoi qu'il en soit, il faudrait attendre, n'est-ce pas ?

Heureusement, ça s'est arrêté. Channon expira.

Le téléphone recommença à sonner. Cette fois, il ne pouvait pas l'ignorer. Il l'a sorti de sa poche pour vérifier l'identité de l'appelant et...

Ewan ? Pourquoi Ewan appellerait-il maintenant ? Ne savait-il pas que Nate était occupé ?

Une peur froide se logea dans le ventre de Channon, et il se releva de son siège, se glissant tranquillement hors du hall et dans le couloir extérieur. Il a établi un contact visuel d'excuse avec le personnel à la porte et a répondu à l'appel.

"Ewan?" il a dit.

« Channon ? » Ewan avait l'air bouleversé. "Putain, pourquoi as-tu le téléphone de Nate?"

"Il est en train de prononcer son discours", a déclaré Channon en s'éloignant des portes vers une grande fenêtre donnant sur une pelouse ornementale. "Qu'est-ce qui ne va pas? Quelque chose est arrivé?"

"Putain!" Il y eut un bruit comme si quelque chose cognait contre quelque chose de doux, comme si Ewan venait de se jeter sur un canapé. Où était-il en ce moment ? Le bureau de Nate ? Cela aurait du sens.

Channon essayait de paraître calme et confiant, comme il pensait que Jack ou Nate le feraient. "Ce qui s'est passé? Tu peux me le dire."

"Rien. Ce n'est rien. C'est juste... juste un e-mail.

"Quoi, genre, de l'IRS ?"

Ewan émit un son exaspéré. « Bon Dieu, non ! De mon ex.

Il fallut un moment à Channon pour comprendre cela. « Votre méchant ex ? »

"Il n'était pas méchant," dit misérablement Ewan.

Channon pensait en privé qu'il l'était vraiment mais ne l'a pas dit parce qu'Ewan n'a jamais aimé qu'on lui dise cela. "Que voulait-il?"

"Juste pour rattraper son retard", dit Ewan, et Channon pouvait entendre la tension dans sa voix. Quoi que l'ex maléfique ait réellement dit, cela blessait Ewan. Channon serra le poing, son impuissance à cet instant douloureusement évidente.

Que pouvait-il faire ? Ewan avait besoin de Nate, et Nate allait rester sur scène pendant encore quarante-cinq minutes. Channon inspira profondément. "Qu'a-t-il vraiment dit?"

"Putain, ça n'a pas d'importance," dit Ewan avec acidité. "Mon Dieu, je ne... je vais juste..."

"Ne raccroche pas!" Channon agrippa le cadre de la fenêtre et essaya de réfléchir. "S'il vous plaît, ne raccrochez pas."

"Je ne suis pas une putain de fleur fragile", grogna Ewan. Il semblait déséquilibré, tombant hors de son orbite. En colère, misérable, effrayé. Channon se souvenait de ce qu'avait été Ewan la fois où il avait croisé l'un des amis de son ex maléfique, et à quel point il avait été bouleversé à ce moment-là. Channon avait dû appeler Nate à l'aide.

Mais Nate était sur scène, et après son discours, il avait un panel, et Channon devait trouver quelque chose rapidement avant qu'Ewan ne raccroche au nez.

"D'accord, écoute-moi." Channon se lécha les lèvres. "Pouvez-vous aller voir Jack?"

Il y eut un silence de mort au téléphone. "Quoi," dit catégoriquement Ewan.

« Je suis sérieux, juste... va parler à Jack. Tu n'es pas obligé de lui dire ce qui s'est passé, mais dis-lui simplement... dis-lui que tu dois... je ne sais pas. Channon inspira profondément. « Il va aider. Il m'aide toujours.

"Tu es son putain de jouet sexuel", dit Ewan avec tellement de venin que Channon recula. "Bien sûr qu'il vous aide."

Channon prit un moment pour répondre. "Je vais vous donner une seconde pour revenir en arrière," dit-il fermement.

Ewan émit un son angoissé. "Désolé. Vous avez raison, je suis désolé.

"Je veux dire, c'est vrai", dit Channon avec autant de désinvolture que possible. "Mais, genre, dis-le gentiment."

Cela a semblé briser la tension. Ewan rit, un son étranglé. "Toujours." Channon l'entendait respirer, superficiellement et irrégulièrement. « Je ne peux pas monter au dernier étage et frapper à la porte de ton vieux comme si j'en avais le droit. Et s'il est occupé ?

Channon se détendit. Ewan revenait, il le sentait. "Demandez simplement à Cynthia si vous pouvez le voir."

"OMS?"

"L'AP de Jack."

"Et si elle dit non?"

"Alors tu es de retour ici, et tu peux m'appeler pour me plaindre", a déclaré Channon. "Mais Jack a dit qu'il prendrait soin de toi, alors... donc tu as le droit."

Cela prendrait du courage, pensa Channon, mais Ewan avait du courage. Trop de courage, parfois.

Au bout d'un moment, Ewan dit : "Très bien."

Channon se détendit, lâchant un soupir. "D'accord. Écris moi?"

"Je raccroche."

L'appel est tombé en panne. Channon regarda le téléphone de Nate pendant un long moment puis le remit dans la poche de son blazer. Il sortit le sien et tapota un court message.

Quoi que fasse Jack, cela ne pourrait guère être pire qu'Ewan ruminant tout seul. Droite?

?

Les réunions avec les clients avaient leur lot d'irritations, mais ce que Jack appréciait particulièrement était de forcer un certain type d'homme à lui montrer du respect. Aujourd'hui, il avait rencontré exactement ce genre de client : un homme plus âgé avec un vieil argent et des valeurs démodées, exactement le genre de personne qui n'aurait pas donné à Jack l'heure de la journée si les choses avaient été différentes. Mais au lieu de cela, il avait dû jouer le jeu, avait serré la main de Jack et l'avait remercié pour son temps avec toute la sincérité que Jack aurait pu demander.

Même après toutes ces années, c'était extrêmement satisfaisant. Le respect était quelque chose qui lui paraissait particulièrement important, vital pour son estime de soi. Il avait travaillé si dur pour ça, après tout.

C'était probablement pour cela qu'il trouvait Ewan si agaçant.

Ewan McKinney était le soumis le moins respectueux que Jack ait jamais rencontré. Non content d'être simplement un masochiste intelligent, Ewan était un véritable gamin. Apparemment, Nate adorait ça – cela signifiait qu'il devait se débarrasser d'Ewan. Jack trouvait cela irritant et fastidieux.

Et bien sûr, il y avait le fait qu'Ewan avait attiré l'attention de Nate.

Non, ce n'était pas juste. L'attention de Jack était déjà fermement fixée sur Channon au moment où Ewan se glissait dans leur vie comme un chat errant. Nate avait simplement trouvé un moyen d'occuper son temps, puis avait découvert qu'Ewan était, d'une manière ou d'une autre, aussi essentiel à son bonheur que Channon l'était à celui de Jack. Si Jack voulait garder l'amitié de Nate, alors il allait devoir s'entendre avec Ewan. Il le savait. Il ne savait tout simplement pas comment le faire fonctionner.

Maintenant, avec Nate et Channon absents, Jack se demandait s'il devait chercher Ewan. Nate voulait que Jack s'occupe d'Ewan. Devrait-il alors emmener Ewan dîner ? S'assurer qu'il mangeait correctement ? Dormir? Ce que Jack devrait faire de lui n'était pas immédiatement évident. À quoi ressemblait le fait de prendre soin d'Ewan, dans ce cas ?

Jack pensa avec amusement qu'il aurait eu une meilleure idée de quoi faire avec Ewan s'il avait vraiment été un chat errant, sifflant et crachant et se cachant sous le canapé.

Il devait faire quelque chose. Il craignait qu'une distance ne se soit creusée entre Nate et lui depuis un certain temps, et il ne l'avait pas remarqué. Il n'avait pas senti Nate s'éloigner, et maintenant il y avait cette... tension. Le premier réflexe de Jack fut de blâmer Ewan pour cela, mais lorsqu'il fut honnête avec lui-même, il sut qui était vraiment à blâmer.

Je lui ai fait ça. Je me suis éloigné le premier. Je n'avais tout simplement pas réalisé que je le faisais.

Jack réfléchit à cela en revenant de la réunion avec le client et pensa : « Très bien. Finissons-en.

Il emmènerait Ewan dîner. Avec un peu de chance, Ewan dirait non et il serait lui-même exonéré de toute responsabilité.

Jack résolut de retrouver Ewan juste avant la fin de la journée de travail pour lui lancer l'invitation, puis il chassa tout ça de sa tête, s'installant à son bureau pour examiner les rapports opérationnels. En général, il lui suffisait de lire le résumé, mais il aimait parcourir le reste juste au cas où quelque chose lui sauterait dessus, et il était à peu près à mi-chemin lorsque l'interphone sonna. Jack appuya sur le bouton du haut-parleur.

"Vas-y, Cynthia," dit-il.

Les tons clairs de la voix de son assistant semblaient un peu tendus. "J'ai Ewan McKinney ici pour vous voir, si vous avez un moment."

C'était tellement improbable que Jack eut besoin d'un moment pour analyser la demande. Ewan ? Pour le voir?

Sur le bureau, son téléphone portable sonna. Channon lui avait envoyé un message.

désolé 2 ça vous dérange Monsieur mais Ewans panique et je lui ai dit 2 allez-y, désolé

Et puis : s'il vous plaît, pouvez-vous prendre soin de lui Monsieur ?

Bien. Jack a dit à Cynthia : « Bien sûr. Envoyez-le.

Avec un air de réticence tendue, Ewan se faufila dans la pièce. Il ferma la porte derrière lui et s'appuya dessus, grimaçant misérablement à Jack.

«Je ne veux pas être ici», dit-il. Puis il frissonna, croisant les bras sur sa poitrine et fronçant les sourcils. "Tu es occupé. Je devrais... merde, je vais juste... »

Jack se leva. Ewan était... échevelé, certes, mais au travail, il ressemblait toujours à un petit Columbo avec ses costumes mal ajustés et froissés et ses cheveux tout aussi ébouriffés. Aujourd'hui, cependant, il avait l'air presque malade, trop pâle et les lèvres pincées pour que tout se passe bien.

Qu'est-ce qui aurait pu mal se passer pour qu'il brave l'ascenseur jusqu'au dernier étage et se présente à Jack comme ça ? Pourquoi Channon l'aurait-il suggéré ?

"Ce qui s'est passé?" » demanda Jack, baissant le ton sur quelque chose qu'il aurait pu utiliser contre Channon à un moment comme celui-ci.

Ewan secoua violemment la tête, comme s'il essayait de se débarrasser d'une mouche persistante. "Rien. Juste. Rien."

L'idée d'essayer de l'enlever lui démangeait la nuque. « Ça ne peut pas être rien sinon tu ne serais pas là. J'imagine que tu préfères manger du verre plutôt que de venir me voir pour quoi que ce soit.

En disant cela, Jack réalisa qu'il y avait plus de vérité dans la blague qu'il ne l'avait prévu. Cela devait être sérieux.

En tout cas, cela fit rire Ewan, un son aigre et amer. "Oh, oui," acquiesça-t-il en se frottant le haut des bras comme s'il avait froid. Jack l'examina et essaya de regarder au-delà de son extérieur épineux. (« Il est comme un cactus », avait dit un jour Nate. « Vous ne pouvez pas l'attraper, mais derrière les pointes, il est tout doux et gluant au centre. »)

Jack lui fit signe d'une main. « Asseyez-vous », dit-il, présentant cela comme une suggestion ferme plutôt que comme un ordre. Même s'il voulait prendre le contrôle de la situation, il soupçonnait qu'Ewan répondrait mal à ses ordres.

Après une longue pause, Ewan poussa la porte, s'affalant sur le tapis pour se jeter en désordre sur la chaise face au bureau de Jack. Il courba les épaules et passa ses mains dans ses cheveux. "C'est vraiment stupide," marmonna-t-il. Mais ensuite il leva les yeux, et Jack put voir qu'il était bouleversé et qu'il essayait de le cacher. «J'ai reçu un e-mail de mon ex», dit-il, presque sarcastique. Jack hocha la tête, s'attendant à ce qu'il continue, mais il ne le fit pas.

"Pas un bon ex, je suppose", dit Jack, et le son émis par Ewan était dédaigneux, mais à quoi il ressemblait... Jack réalisa qu'il était plus que secoué. Ewan semblait presque effrayé. Ou perdu, peut-être, détaché de son moi habituel.

"L'ex dont tu me fais penser", dit-il. On aurait dit que c'était censé être une insulte, alors Jack l'a lu comme tel.

"Un très mauvais ex, alors."

Ewan hocha la tête. "Le pire." Puis il sembla reconsidérer sa décision. «Je veux dire, il aurait pu être pire. Il n'était pas... tu sais. Injurieux."

Jack réfléchit à certaines des choses auxquelles Channon avait fait allusion concernant le passé d'Ewan. Le calcul était assez facile à faire. "Êtes-vous sûr de cela? La maltraitance peut ressembler à autre chose quand on en est trop proche.

Ewan émit un bruit frustré, passant sa main dans ses cheveux et serrant ses doigts en un poing pour tirer sur son cuir chevelu. "Bon sang, tu ressembles à Nate."

Donc Nate, au moins, pensait que l'ex d'Ewan était violent. Et je le rappelle à Ewan. C'était une pensée peu flatteuse.

Cela a également permis de mettre certaines choses en perspective.

"Que dit l'e-mail?" » demanda Jack, bas et silencieux.

"Oh, putain, c'est juste... il m'a demandé comment j'allais, si je voyais quelqu'un. Si je voulais le rattraper la prochaine fois qu'il viendra en ville. Ewan passa une main sur son visage et pressa ses jointures contre ses dents pour les mâcher. "Ce n'est rien. Ce n'est rien, putain, mais... »

Jack attendit, observant l'agitation d'Ewan et se sentant étrangement mécontent.

Finalement, Ewan a déclaré : « C'est juste qu'il a dit : 'la prochaine fois, je viendrai à Santa Rita'. Et il l'a envoyé à mon email professionnel. Donc il sait où je suis. Il sait que je suis ici et que je travaille ici, et... je ne sais pas comment il le sait. Ewan leva de nouveau les yeux et Jack put voir sa poitrine monter et descendre trop vite, sa respiration trop superficielle. Affligé. Il était en détresse, et la partie de Jack qui connaissait la différence entre un sous-marin stressé et un sous-marin en difficulté s'est automatiquement manifestée.

"C'est bon," dit-il en s'accroupissant pour être à la hauteur des yeux d'Ewan. Il lui tendit la main mais ne la toucha pas. « Respirez profondément. Alors laisse tomber, lentement.

Étonnamment, Ewan l'a fait, inspirant profondément et retenant sa respiration en comptant jusqu'à cinq avant de la lâcher. Puis il recommença, spontanément, et fixa ses yeux sur Jack.

Pendant un instant, aucun d'eux ne dit rien. Puis Ewan émit un bruit grincheux. "Je n'ai pas de crise de panique."

"Non, ce n'est pas le cas," acquiesça Jack. « Mais tu es visiblement contrarié. Votre ex n'est donc pas censé savoir où vous êtes, alors ?

Ewan secoua la tête. « Pas question, putain. Je pensais... Je n'aurais jamais pensé avoir de ses nouvelles. Pas après la façon dont il m'a abandonné.

Il avait l'air blessé. Habituellement, Jack aurait aimé voir Ewan blessé, mais ce n'était pas comme ça que ça était censé se passer. Ewan attaché à une croix de Saint-André et braillant les yeux parce que Nate l'avait fouetté jusqu'au point de rupture était une créature différente d'Ewan, semblant que son monde avait été bouleversé.

Jack avait hâte de faire quelque chose. C'est ce que Channon voudrait. Nate m'a dit de prendre soin de lui.

Il le fallait donc. « Comment penses-tu qu'il a découvert où tu es ? »

"Je ne sais pas." Ewan passa une main sur son visage, visiblement plus calme maintenant mais toujours affligé. "J'ai dû... laisser des indices."

"Vous tweetez beaucoup." Jack ne suivait pas Ewan sur Twitter, mais Channon le faisait, et parfois Channon montrait les tweets à Jack. Ewan les a écrits dans un dialecte incompréhensible que Channon a trouvé hilarant. Jack n'a pas compris. Quoi qu'il en soit, il était possible qu'Ewan ait laissé des indices sur ses déplacements sur les réseaux sociaux. "Avez-vous Instagram?" Ewan hocha la tête avec méfiance. « Peut-être avez-vous géolocalisé quelque chose ou posté une photo avec un point de repère traçable. Et je sais que Nate a son équipe de développement répertoriée sur le site Web de l'entreprise. Ce ne serait pas difficile de chercher sur Google.

Étant donné que les e-mails des employés étaient leur prénom et leur nom dans le domaine de l'entreprise, il ne faudrait pas non plus un génie pour trouver comment contacter Ewan de cette façon.

Ewan frissonna en se frottant les yeux. "Putain. Putain. J'ai vu un de ses amis l'année dernière. Ce connard lui a probablement dit... Bon sang, je ne sais même pas quoi. Il lança à Jack un regard angoissé. « Il travaille dans la technologie. Il a probablement des contacts ici.

Jack posa sa main sur l'accoudoir du fauteuil, près d'Ewan mais sans le toucher. "Quel est son prénom?"

Il fallut un moment à Ewan pour détacher ses dents de sa grimace. «Gary Caldecott.» Ce nom semblait lui donner la nausée, il était si pâle.

"Je dirai à la sécurité de ne pas le laisser entrer dans le bâtiment", promit Jack.

Le visage d'Ewan se plissa. "Putain, ce n'est pas si grave que ça, n'est-ce pas ?"

"Probablement pas, mais mieux vaut prévenir que guérir." Jack hésita, réfléchissant aux implications de tout ce qu'Ewan avait dit. « Êtes-vous inquiet pour votre sécurité physique ?

Il regarda l'expression d'Ewan se déformer et dut se forcer à ne pas lever la main du bras de la chaise et à l'enrouler autour de l'épaule d'Ewan pour le stabiliser. « Non... non, ce n'est pas ça. J'aimerais juste qu'il ne sache rien du tout sur moi.

Jack prit note mentalement de s'assurer que le concierge de l'immeuble dans lequel vivait Ewan savait également ne pas admettre l'ex d'Ewan. Puis il se concentra. Ewan était la chose la plus importante en ce moment, et Jack se sentait obligé de prendre soin de lui de la manière dont il le pouvait. « Nous pouvons bloquer son courrier électronique. Nous pouvons vous supprimer du site Web et de tout autre endroit où vous êtes en ligne. Il existe des services pour gérer cela.

"Tu n'es pas obligé de le faire," dit misérablement Ewan.

"Oui, en fait." Quand Ewan releva la tête, surpris, Jack le fixa d'un air sérieux. "Nate m'a demandé de prendre soin de toi, alors j'ai l'intention de faire exactement cela."

Cela semblait sortir Ewan de sa misère. Il cligna des yeux, regardant autour du bureau de Jack comme si c'était la première fois. Quoi qu'il voyait, ses lèvres se courbaient – que ce soit par dédain ou par inconfort, Jack ne pouvait pas le dire. "Non, tu es trop occupé pour cette merde. Tu n'as rien à faire pour moi.

"Je sais que je suis la dernière personne que tu voudrais t'aider," dit Jack, incapable de cacher toute sa frustration dans sa voix, "mais je suis ce que tu as en ce moment. Tu peux me détester autant que tu veux, mais je vais le faire quand même.

Ewan avait l'air choqué. Puis il fronça les sourcils. "Je ne te déteste pas."

"Je n'aime pas du tout, alors."

Cela fit secouer la tête à Ewan. "Non. Vous êtes, vous savez, vous. Channon t'aime assez.

C'était mieux que ce à quoi Jack s'attendait. "Faible éloge, mais je l'accepterai." Il se pencha, se demandant avec quelle force Ewan mordrait si Jack lui offrait un câlin. «Je vais passer quelques appels. Comment te sens-tu?"

Ewan prit une inspiration frissonnante. Puis il haussa les épaules. « Comme du poisson. Mieux qu'avant."

"Bien." Jack se leva et s'appuya contre le bureau. « J'aimerais te voir plus tard. Dîne avec moi.

Les yeux d'Ewan sortirent presque de son crâne. "Quoi, dans un putain de restaurant chic ?"

Il avait l'air tellement scandalisé. Cela fit sourire Jack. "Ou chez moi."

Ewan fit une grimace. « Est-ce que c'est un truc ? Je ne te suce pas la bite.

Mon Dieu, il était tellement... épineux. « Ce n'est pas le cas. Nous pouvons aller chez Nate si cela te fait te sentir mieux. Jack avait une clé, après tout, et il était presque sûr qu'Ewan aussi.

Ewan le regarda avec méfiance, mais à la fin il dit : « Très bien.

"Bien. Je vous retrouverai à votre bureau à cinq heures et demie. Jack regarda Ewan de près. Il avait l'air mieux, un peu moins comme s'il allait s'évanouir ou vomir. Pourtant, il avait clairement été secoué. « Tu peux rester ici aussi longtemps que tu le souhaites. Mais si je reçois un appel téléphonique, j'aurai besoin que tu te taises.

Cela déclencha un son à mi-chemin entre un reniflement et un ricanement. "Non, merci." Ewan se leva de la chaise et recula, regardant Jack comme si Jack était le sauvage. "Euh... on se voit à cinq heures et demie."

Et il s'en alla, fermant la porte derrière lui avec un léger ricanement au lieu d'un fracas.

Pendant un instant, Jack s'interrogea simplement sur l'univers qui l'avait mis dans cette position. Ewan. Compter sur lui. Quelles étaient les chances ?

Mais il devait le faire. Il n'avait pas le choix.

Il attrapa son téléphone pour répondre à Channon. Ne t'inquiète pas, chérie. Je vais m'occuper de lui.

Chapitre 4

Ton vieux m'offre un dîner. C'est un code pour lui sucer la bite ? Je ne le ferai pas !

Channon a relu le message pour s'assurer qu'il l'avait bien compris. Jack prenait visiblement au sérieux la folie d'Ewan. Eh bien, c'était bien.

Jacks ne te laissera pas sucer ce que Channon a renvoyé. N'espérez pas.

Il a récupéré un tas de cœurs noirs en réponse, ce qui, selon lui, était l'équivalent emoji d'un « va te faire foutre ».

il pourrait te faire manger du chou frisé, ajouta Channon, souriant un peu à l'idée.

Après un moment, Ewan a répondu avec un seul emoji au visage vomissant. Eh bien, au moins, il se sentait davantage lui-même. Les choses ne pourraient pas être si mauvaises, alors, n'est-ce pas ?

Ne t'inquiète pas, chérie, avait envoyé un texto à Jack, et plus tard, appelle-moi quand tu seras au lit.

Channon pourrait faire ça. Mais c'était dans des heures.

Pendant ce temps, il était impossible de joindre Nate, même lorsque la conférence s'interrompait pour le déjeuner : il était emmené pour un événement VIP auquel Channon n'était pas invité. Ce n'est qu'après la fin de la journée que Channon a finalement pu restaurer son téléphone et lui faire savoir ce qui se passait avec Ewan. Nate est sorti pour passer un appel et est revenu l'air plus amusé qu'autre chose.

"Donc, j'ai entendu dire que Jack et la menace traînaient ce soir," dit-il joyeusement. « Voulez-vous spéculer sur la gravité de la situation ? »

Channon fronça le nez. "Euh. Ça pourrait bien se passer ? Jack a promis qu'il prendrait soin de lui.

"Ouais, mais Ewan n'a pas promis d'être bon," répliqua Nate avec un sourire méchant. « Je ne peux m'empêcher de me demander ce que Jack va lui faire s'il se comporte mal. J'ai dit à Ewan, ajouta-t-il avec désinvolture, que Jack avait la permission d'utiliser n'importe quoi sur le côté gauche de l'armoire à jouets.

Cette pensée fit inspirer Channon brusquement. Jack ne punirait pas vraiment Ewan, n'est-ce pas ? Jack a toujours dit qu'il n'était pas intéressé à jouer avec d'autres sous-marins. Mais si Ewan avait besoin de lui...

Sauf qu'Ewan n'avait pas besoin de lui comme ça. Et ce serait une erreur de la part de Jack de punir Ewan parce qu'il était frustré par les plaisanteries d'Ewan. Channon détestait intensément cette idée.

Cela devait être visible sur son visage, car Nate lui tapota l'épaule. "Ne t'inquiète pas, je n'ai pas dit ça à Jack. Je mets juste une pensée dans la petite tête en désordre d'Ewan. Jack ne mettra pas le doigt sur lui.

C'était un soulagement, mais Channon ressentait toujours un peu d'anxiété à l'idée de Jack et Ewan seuls dans une maison avec un placard à jouets.

"Alors, puisque cela se produit," continua Nate en penchant la tête et en souriant généreusement, "pourquoi ne me laisses-tu pas t'emmener dîner ? " Nous pouvons faire semblant d'avoir une liaison.

Channon sourit. Comme si. Là encore, il avait sucé la bite de Nate pour lui, et Nate l'avait baisé brutalement, plusieurs fois maintenant. Mais Jack avait toujours été responsable de cela. Ce n'était donc pas comme si l'idée de coucher avec Nate était ridicule, juste l'idée de le faire dans le dos de Jack.

"Je vais demander", a déclaré Channon, déjà en train d'envoyer un message.

Puis-je dîner avec M. Scott, s'il vous plaît, Monsieur ?

"Est-ce que c'est Jack qui aime ça, ou toi?" » demanda Nate. "La façon dont tu lui demandes toujours la permission pour les choses." Il avait l'air vaguement curieux, sans interrogatoire ni jugement, alors Channon se sentait à l'aise d'être honnête.

"Les deux. Il aime qu'on lui demande la permission, et j'aime bien, euh. Je ne sais pas. Être sûr que je ne fais pas quelque chose de mal.

Nate avait l'air pensif. "Hein. Je peux voir l'appel. Ewan détesterait absolument ça », a-t-il ajouté en souriant vivement. "Il deviendrait fou."

"Tu aimes le rendre fou", fit remarquer Channon.

Nate sourit. "Je le fais vraiment, vraiment."

Le téléphone de Channon vibra. Vous pouvez. Prenez une journée de triche. Amusez-vous bien, chérie.

Il a montré le message à Nate, et Nate lui a levé le pouce. "Génial. Est-ce qu'un jour de triche signifie que je peux te gaver de glucides et de graisses ? »

"Euh, à peu près," dit Channon, un peu soulagé que Nate ait demandé et ne se moque pas de lui. Les gens voulaient toujours commenter ce qu'il mangeait, et c'était difficile de leur expliquer sans leur dire que Jack contrôlait son alimentation parce que Jack le contrôlait. Nate savait déjà que Jack possédait Channon. Il était ainsi plus facile de respirer autour de lui.

Nate sourit. « Question suivante : Tex-Mex ou steakhouse ? »

"Tex-Mex", dit Channon après un moment d'hésitation. Après tout, le fromage était normalement un aliment interdit.

"Attaboy," dit Nate en lui frappant l'épaule. "Je connais exactement l'endroit."

Ils se sont retrouvés dans un restaurant familial aéré et joyeux avec des cabines en vinyle bordeaux et des murs en adobe. C'était confortable. Nate a demandé au personnel de leur apporter « un peu de tout ». Channon se détendit, sentant que c'était quelque chose qu'il pouvait gérer.

"Comment va Ewan?" Il a demandé. Nate avait envoyé des SMS en chemin, et Channon supposait qu'il savait à qui étaient destinés les messages.

"Grognon," dit Nate en mettant son téléphone de côté et en se penchant en arrière sur sa chaise. « Mais quand il grogne, vous savez qu'il va bien. C'est quand il est calme qu'il faut s'inquiéter.

Channon hocha la tête, sachant que c'était vrai. «J'espère... quel que soit le problème avec son ex...» Il s'interrompit, ne sachant pas comment mettre fin à cette pensée.

"Tout ira bien", le rassura Nate. «Jack peut le garder hors de l'hôpital. C'était une blague », a-t-il ajouté, voyant visiblement la consternation de Channon face à cette idée. « Il ne court aucun danger. Sauf peut-être de Jack.

Le serveur a commencé à sortir des assiettes de dégustation, des mini tacos et des empanadas et quelque chose qui était censé être des nachos, mais chaque chips était chargée individuellement comme un cracker élaboré. Channon a dit merci et a reçu un sourire éclatant de la part du serveur en retour.

Tout avait l'air et sentait incroyable. Épicé, ringard, le piquant de l'oignon cru finement tranché. Cheat day, se rappela-t-il en regardant le guacamole vibrant. dit Jack.

"Creusez", suggéra Nate en souriant un peu. "Vous n'avez pas besoin d'attendre ma permission."

Channon secoua la tête, attrapant l'un de ces chips à nachos chargés. «Je n'y peux rien», dit-il, puis il mit la puce dans sa bouche et la mordit.

Oh mon Dieu. Peut-être que c'était à cause de toute la salade, du saumon cuit à la vapeur et du quinoa qu'il avait mangé ces derniers temps, mais la richesse du fromage et des haricots frits qui remplissaient sa bouche était écrasante. Il y avait quelque chose à dire à propos de l'abnégation de Jack : on appréciait vraiment davantage les choses quand on les recevait.

Il a dû faire un bruit obscène, car Nate sourit. "Oh ouais. Et voilà. Bon garçon."

Les éloges de Nate n'étaient pas les mêmes que ceux de Jack, ce n'était pas possible. Mais Channon a quand même apprécié.

Pendant qu'ils mangeaient, Nate entretenait une conversation informelle. Channon lui a parlé du code sur lequel il travaillait, de son nouveau jeu de réflexion à débloquer et de la manière dont il avait réussi à générer de nouveaux niveaux comportant de véritables solutions au lieu de les créer manuellement. Nate a parlé à Channon d'une plante d'intérieur qu'Ewan lui avait achetée et qui faisait de son mieux pour mourir, et comment Nate avait branché un Raspberry Pi pour surveiller la température, les niveaux de lumière, l'humidité et le pH, et ajoutait quelque chose pour mesurer l'azote à son retour. à Sainte Rita.

"La menace trouve ça hilarant", dit Nate avec amusement. « C'est comme si la plante se moquait de lui. Il a externalisé ses conneries. Je l'ai automatisé.

"Vous pourriez simplement le laisser mourir", suggéra Channon avec une fausse innocence.

Nate fit un geste dédaigneux. "Je sais. Je pourrais. Quand je suis prêt à entendre à quel point cela signifie que je ne l'aime pas.

Channon ne pensait pas avoir jamais entendu Nate admettre qu'il aimait Ewan. "Mais c'est le cas", dit-il, satisfait.

"Pour mes péchés", acquiesça Nate. « Vous feriez la même chose. Jack aussi.

Channon pensait qu'il ferait probablement de son mieux pour garder la plante en vie et qu'il serait vraiment désolé quand elle mourrait inévitablement. Pendant ce temps, Jack rejetait la faute sur l'usine, en achetait une de remplacement et payait quelqu'un pour s'en occuper à sa place. Ou demandez à Channon de le faire.

Quand il dit cela à voix haute, Nate éclata de rire. "Oh mec, il le ferait aussi. Ewan détesterait tellement ça. C'est pour ça, dit Nate en attrapant sa margarita, que c'est pour ça qu'ils ne s'entendent pas. J'espère qu'aucun d'eux ne tue l'autre en ce moment.

Il avait l'air affectueux, mais Channon fronça les sourcils. « Ils pourraient s'entendre. S'ils le voulaient.

Nate haussa les épaules. « Je ne retiendrais pas ton souffle pour ça. Jack a ses problèmes de contrôle et Ewan... a ses problèmes incontrôlables. Il n'est pas possible de changer Ewan pour l'adapter à Jack, et Jack ne changera pour personne. Il fit une pause, puis ses yeux glissèrent vers Channon, l'expression pensive. « De toute façon, je pensais que c'était vrai. Mais je suppose qu'il a changé, pour toi.

« Comment était-il avant ? » » demanda Channon, incertain de ce que Nate voulait dire.

« Impossible à cerner. Jack n'avait pas de relations. Il était intouchable. Nate détourna le regard, vers un passé que Channon ne pouvait pas voir. "J'étais la chose la plus proche qu'il avait d'un partenaire, mais même cela n'était pas vraiment... réel."

Il y avait quelque chose dans la façon dont il le disait qui faisait que Channon se sentait désolé. « Mais vous êtes toujours... je veux dire, vous êtes tous les deux comme... je ne sais pas. Un peu plus que des amis.

L'attention de Nate revint vers lui. « Un peu plus que des amis. Mais bon, tu sais tout à quoi ça ressemble, n'est-ce pas ? »

Il devait parler d'Ewan. Channon supposait que c'était similaire, bien que dans d'autres cas, c'était complètement différent. "La première fois que tu es venu, toi et Jack, euh."

Je l'ai partagé. Ils avaient partagé Channon entre eux. C'était la première fois que Channon était avec quelqu'un qui n'était pas Jack, et il avait aimé ce que cela ressentait. Sale. Mais dans le bon sens. Et Nate avait été gentil avec lui. Nate ne l'avait jamais utilisé contre lui, il était toujours resté dans les limites de ce qu'ils faisaient, quoi qu'ils fassent.

Que faisaient-ils exactement ?

Channon a essayé de formuler la question, mais elle n'a pas réussi à se présenter d'une manière qui ait du sens. À la fin, il a demandé : « Y a-t-il un mot pour désigner le moment où un couple sort avec un autre couple ? »

Les sourcils de Nate se haussèrent. « Non-monogamie consensuelle ? Balançant? Poly?"

"Je voulais dire, plus comme ça se passe entre moi et Jack, et toi et Ewan. Ewan dit que vous ne jouez qu'avec nous. C'est en quelque sorte... exclusif.

Cela semblait amuser Nate. « Mais toi et Jack n'êtes pas exclusifs. Tu ne sortais pas avec quelqu'un il n'y a pas si longtemps ?

Le visage de Channon devint chaud. « Ce n'était pas le cas, euh. Je veux dire, ce n'était pas romantique ou quoi que ce soit. C'était juste du sexe. Et vraiment, c'était pour ça que ça s'était terminé. Parce que Victor avait voulu plus que du sexe, et Channon n'avait pas été capable de le lui donner.

"N'est-ce pas juste du sexe quand Jack m'invite à te baiser ?" » dit Nate, suffisamment bas pour que personne ne puisse l'entendre.

« Ouais, mais c'est différent. Je ne sais pas comment. Ce n'est tout simplement pas comme avec les autres. » Channon baissa les yeux sur sa nourriture, essayant de mettre des mots sur cette énorme chose. « Vous avez tous les deux l'impression de faire partie de nous. Victor était juste pour moi.

"Victor ?" Nate se pencha, souriant méchamment. "Attendez. Tu sortais avec Victor Ruiz ?

Oh mon Dieu. "Je n'étais censé le dire à personne", dit rapidement Channon. « S'il vous plaît, ne... »

« Je ne dirai rien. Non, je suis juste... wow. Jack a dit que tu devançais quelqu'un, mais je n'aurais jamais imaginé que ce serait Victor. Nate s'appuya contre le dossier de sa chaise. "Il est canon. Joli."

Channon sentit son visage devenir rose. "Je l'aime. Mais pas comme ça.

Il y eut un moment de silence pendant que Nate regardait Channon comme s'il cherchait à comprendre quelque chose. "Tu ne m'aimes pas non plus 'comme ça,'" dit-il finalement.

"Je ne sais pas", a déclaré Channon, frustré et incapable de mettre des mots sur cela. « Je ne veux pas que les choses changent. Je ne veux pas que toi et Ewan arrêtiez de venir juste parce que Jack et moi nous marions. Je veux... »

Mais il s'interrompit parce qu'il n'était pas sûr de ce qu'il voulait.

"Tu veux continuer à jouer avec nous", dit calmement Nate. Son expression était égale, illisible. "Vous voulez avoir le gâteau et le manger aussi."

Channon cligna des yeux. Cette phrase avait toujours sonné comme si la personne qui avait le gâteau était déraisonnable et égoïste, et maintenant il se posait la question. « Est-ce que c'est gourmand ? Jack a dit que les choses n'auraient pas dû changer après le mariage.

"Jack veut aussi avoir son gâteau et le manger aussi", dit Nate avec un léger sourire. « Je suis injuste, mais Jack, eh bien. Jack aime faire les choses à sa manière et prend rarement en compte les sentiments des autres. Nate fit un geste avec son verre. « Comme celui d'Ewan, par exemple. Comment penses-tu qu'Ewan aimerait être dans une sorte de quadrilatère pervers avec Jack ?

Channon pensait en privé qu'Ewan l'était déjà. "Est-ce qu'il ne s'est pas amusé la dernière fois ?"

Nate lança à Channon un regard ironique. "Angel, Ewan n'était là que pour toi. Il aurait tout supporté pour mettre la main sur lui.

Cela rendait Channon étrange. D'un côté, il était déçu. L'idée d'une sorte d'arrangement dans lequel Nate et Ewan feraient toujours partie de leur jeu semblait glissante et impossible à retenir. Mais d'un autre côté, c'était flatteur de penser qu'Ewan avait vraiment été attiré par l'idée que Channon le baise.

L'idée lui vint que ça pourrait être bizarre de penser ce genre de choses à propos de ses amis, et Channon courba les épaules. «Je pense que je pourrais être une sorte de pervers», dit-il, gêné de l'admettre.

Nate rit mais pas méchamment. «Eh bien, vous êtes en bonne compagnie. Regardez," dit-il, ses yeux plissés d'une manière qui ne faisait que souligner à quel point il était beau. « Je comprends que tu ne veuilles pas que les choses changent, mais tu te maries. Cela change juste certaines choses. C'est le but." Son ton s'adoucit. "Peut-être que nous nous retrouverons de temps en temps et nous amuserons un peu, mais je ne retiendrais pas mon souffle en pensant qu'Ewan découvre une envie soudaine de laisser Jack le travailler. Ils sont comme l'huile et l'eau. Ils ne se mélangent pas. Soyez satisfait quand ils se tolèrent, d'accord ?

Ce n'était pas du tout satisfaisant. Channon n'aimait pas l'idée que ses deux personnes préférées puissent l'aimer mais pas l'une l'autre. Et bien sûr, c'était peut-être naïf de penser que tout le monde pouvait s'entendre, mais cela ne l'empêchait pas de le vouloir de toute façon.

Chapitre 5

"Parlez-moi de Gary," dit Jack, observant Ewan attentivement.

Ewan renifla. « Il me battait pour s'amuser. Je l'ai aimé. Que dire ?

Jack retint son souffle, compta à rebours à partir de cinq, et se rappela qu'Ewan était un gamin et qu'il fallait donc s'attendre à une certaine humeur. Jack n'eut pas besoin de répondre. En fait, ne pas y répondre pourrait être le meilleur moyen de le contenir.

Jusqu'à présent, Ewan avait été tour à tour maussade et silencieux, à l'exception de la partie immédiatement après le travail où il avait essayé de dire à Jack qu'il irait bien et qu'il n'avait pas besoin de l'aide de Jack, en fait. Jack lui avait demandé s'il avait parlé à Nate. Ewan avait haussé les épaules, ce que Jack prit pour un oui. Il avait demandé ce que Nate avait dit.

"Que je devrais venir avec toi", admit Ewan, l'air sombre à ce sujet.

Jack avait haussé un sourcil vers lui, celui qui faisait habituellement redresser Channon. Cela n'a pas eu le même effet sur Ewan. "Donc qu'est ce que tu vas faire ?"

Ewan avait roulé des yeux d'une manière qui aurait au moins donné à Channon une rude claque dans le derrière. "Je viens avec toi, je suppose ?"

Ils étaient donc là à la table de la cuisine de Nate, en train de manger des plats indiens à emporter. Ewan avait commandé quelque chose appelé phaal dont Jack avait poliment pris une cuillerée et l'ignorait maintenant complètement. Il était suffisamment sûr de lui dans sa masculinité pour ne pas avoir besoin de le prouver en s'épuisant les papilles, merci beaucoup. Il se contenterait de Vindaloo.

Maintenant, il considérait Ewan, se demandant quelle était la meilleure façon de l'ouvrir. Qu'est-ce qui pourrait inciter Ewan à parler de son ex ?

"Pourquoi est-ce que je te le rappelle ?" » demanda Jack. Ce n'était pas seulement une tactique : il était morbidement curieux.

Ewan leva les yeux, son expression réservée. "Faites-le."

« Vous devez avoir des raisons précises. Est-ce que je lui ressemble ?

À cela, Ewan secoua la tête, reniflant avec dérision. "Non. Tu es un beau connard.

Ce qui signifiait que ce « Gary » ne l'était pas. Jack se demanda s'il devait être flatté. « Qu'est-ce qui vous a attiré vers lui en premier lieu, alors ? »

Ewan pencha la tête en arrière avec un gémissement. On aurait dit qu'il roulait à nouveau des yeux, mais Jack se rendit compte qu'à la place, il clignait fort. Il se demandait si Ewan avait réellement une réaction émotionnelle.

"Il a dit que je ne pouvais pas le gérer", a avoué Ewan au plafond. "Je n'allais pas reculer devant ça."

"Et pourriez-vous?" » demanda Jack en le regardant attentivement.

Ewan expira et pencha la tête sur le côté, évitant le regard de Jack. "Je ne sais pas." Il poussa un cri de colère et enfonça sa fourchette dans son riz. «Je pensais que je pouvais tout prendre. Je l'ai pris. Tout ce qu'il a distribué.

Et pourtant, pensa Jack, une partie d'Ewan ne l'avait pas voulu, ou ne l'avait fait que pour prouver quelque chose. À Gary ou à lui-même ? Ce n'était pas clair. Et il n'était toujours pas clair quelle partie de Gary il voyait chez Jack. "Même si tu n'aimais pas ça?"

"Je n'étais pas censé aimer ça", cracha Ewan. Il lança un regard noir à Jack. "Droite? N'est-ce pas là tout l'intérêt ?

"C'était donc un sadique," dit Jack d'un ton neutre, ignorant l'explosion. « Il a apprécié le fait que vous ne l'ayez pas fait. C'était ce qu'il y gagnait.

"Oui," dit Ewan, toujours en train de le fusiller du regard. "Il aimait prendre des choses laides et les casser."

Jack se rendit compte qu'Ewan pouvait vraiment se considérer comme laid – une petite chose toxique et radioactive qui méritait d'être brisée.

Jack n'avait jamais pensé à lui de cette façon. Ewan était frappant, étrange, pas conventionnellement attrayant. Mais il n'était pas laid. Et malgré toutes ses irritations, Ewan ne méritait pas d'être brisé comme ça. Même s'il avait été « laid » (peu importe ce que cela voulait dire), personne ne méritait ça.

"Comment ça s'est terminé?" » demanda Jack, se sentant au bord du gouffre.

La bouche d'Ewan se tordit. « Il a trouvé un travail en Norvège. J'ai repris le collier et j'ai quitté le pays.

Et il a laissé Ewan derrière lui. Il était clair qu'Ewan sentait qu'il l'avait mérité aussi. « Il vous avait attrapé un collier ?

«J'étais son esclave», dit Ewan avec un goût amer. "J'ai de la chance qu'il ne m'ait pas marqué."

Il avait l'air tellement blessé, comme si une partie de lui avait voulu cette marque. Non, il avait voulu appartenir à son Dom, lui être précieux. À posséder et à chérir, d'une manière très particulière.

C'était logique. Jack comprenait maintenant pourquoi Ewan le détestait autant.

« Ce qu'il t'a fait. Tu penses que je fais la même chose à Channon.

Il regarda le visage d'Ewan le trahir.

"Tu penses que je vais briser Channon et le quitter."

Ewan secoua la tête. "Je ne pense à rien."

"Je peux voir pourquoi tu penses cela," dit Jack d'un ton neutre. Cela a irrité, mais ce n'était pas injustifié. «Je l'ai séduit lors de notre rencontre. Il avait hâte d'être séduit, mais il était si nouveau dans tout ça qu'on pouvait dire que j'avais profité de lui. Et quand je lui ai demandé s'il voulait essayer des choses, il était tout aussi impatient, mais il ne savait pas vraiment dans quoi il s'embarquait. Jack attrapa son verre d'eau. « Il aurait été facile de lui faire ce que Gary t'a fait. J'aurais certainement pu l'épuiser et le jeter, si j'avais été ce genre de personne.

Ewan le regardait avec de grands yeux gris orage. Il avait l'air d'entendre ses craintes se confirmer. » continua Jack, gardant un ton aussi égal et non conflictuel que possible.

« Et si c'était le cas, Channon aurait raison de me détester. M'en vouloir. Sentez-vous lésé. Parce qu'un collier est une promesse," dit Jack, sentant cela dans ses os. « En tant que Dominant, vous faites une promesse similaire à chaque fois que vous jouez avec quelqu'un : je prendrai soin de vous. Que ce soit pour les fouetter jusqu'à ce qu'ils crient ou pour savoir quand enlever les cordes, cela revient au même. Vous êtes responsable de cette personne. Ils vous ont accordé leur confiance. Si vous le brisez, vous êtes un mauvais Dominant, une mauvaise personne, parfois un criminel. »

Il avait désormais toute l'attention d'Ewan. Il n'était pas sûr d'avoir vu Ewan accorder autant d'attention depuis qu'ils se connaissaient.

« Quand Gary t'a donné un collier, c'était une promesse de prendre soin de toi. Et puis il ne l'a pas fait. Si c'est votre exemple de Dominant, pas étonnant que vous pensiez que je vais faire la même chose avec Channon.

Ewan émit un son mécontent. « Ce n'est pas seulement ça. Vous contrôlez tout chez lui. Tout. Et il dit qu'il aime ça mais... je l'ai dit aussi. Je pensais que c'était vrai. Mais ce n'était pas le cas. Et je ne peux pas blâmer Gary pour ça parce que j'ai dit que j'aimais ça, même quand... quand je détestais ça. Parce que c'est ce que fait un bon petit jouet, n'est-ce pas ? » La voix d'Ewan se teintait de quelque chose de blessé et de colère. "Dit à leur maître qu'ils aiment être utilisés et partagés et traités comme des ordures!"

Les mots flottaient dans l'air, énormes et impossibles à ignorer. Jack inspira et expira et essaya de trouver un fil à tirer, mais...

Ce n'était pas ce qu'il avait fait à Channon. Oui, Jack pouvait jouer avec Channon comme il le voulait, et Channon aimait ça, mais ce n'était pas ainsi qu'Ewan le faisait sonner.

Était-ce à ça que ça ressemblait vu de l'extérieur ? Ewan pensait-il vraiment que Jack considérait Channon comme jetable ?

Channon a aimé ça, n'est-ce pas ? Ou, non, il aimait que Jack aime ça, et...

Oh.

Jack regarda Ewan, qui semblait regretter d'avoir dit quoi que ce soit, et réfléchit attentivement avant de parler.

"Si quelqu'un vous avait demandé, à l'époque, si vous aimiez ça, vous lui auriez dit que vous aimiez tout ce qu'il vous faisait", a déclaré Jack avec un sentiment d'inévitabilité.

Ewan montra les dents. "Toujours."

"Donc tu ne peux pas faire confiance à Channon maintenant quand il dit qu'il aime les choses que je lui fais."

Ewan secoua la tête.

Jack soupira en s'adossant au dossier de sa chaise. « Alors je ne peux rien faire pour vous convaincre. Mais j'espère pouvoir vous convaincre que je ne laisserai pas Channon sur un coup de tête. Je pourrais vous montrer le contrat de mariage, qui stipule de manière assez définitive qu'une fois mariés, Channon peut repartir à tout moment avec la moitié de tout ce que je possède. Alors vous voyez, ajouta-t-il sèchement, ce serait une erreur coûteuse que je n'ai pas l'intention de commettre.

Cela semblait donner à Ewan quelque chose à penser. Il regarda Jack avec une expression intense et maussade. Mais il n'a pas contesté.

Quand Jack continua, il garda une voix égale. «J'espère que vous savez que j'apprécie beaucoup Channon. Et son bonheur ; J'apprécie cela aussi. C'est de la plus haute importance pour moi. Et quand j'apprécie son inconfort, ajouta Jack avec ironie, c'est pour des raisons de jeu, de dynamique, de scène que nous faisons. J'apprécie le fait qu'il fera presque tout pour me féliciter. Et quand je le pousse au point où il dit non, je sais qu'il a vraiment atteint ses limites. Il me fait confiance. Je lui fais confiance pour être honnête. Je suis sûr que toi et Nate avez un arrangement similaire, étant donné les choses que vous faites.

Parce que Jack savait ce que faisaient Nate et Ewan, les arêtes vives de leur jeu. Si Nate ne donnait pas à Ewan les mêmes limites, les mêmes sorties de jeu trop pointues, alors Jack ne le connaissait pas. Nate le ferait... il était si prudent. Il devait l'être, à cause des choses qu'il aimait et voulait, les choses que Jack était sûr de demander à Ewan.

Ewan baissa les yeux. "Oui," dit-il au bout d'un moment.

"Alors j'espère que tu comprends." Ewan hocha la tête, ne croisant toujours pas le regard de Jack. « Tu sais, si quelqu'un avait déjà traité Channon de la même manière que ton ex t'avait traité, je serais furieux. Ce serait un effort pour ne pas les détruire.

"Ouais?" Maintenant, Ewan leva les yeux, son expression sceptique. « Quelqu'un comme le père de Channon ? Il traite Chan comme une merde, et je... » Il secoua violemment la tête, s'écartant de la table. "Putain, je le déteste."

"Moi aussi", avoua Jack. Cela semblait surprendre Ewan. Jack sourit. "Mais il me déteste en retour, donc c'est juste."

Ewan renifla. Il tapota des doigts sur la table puis se leva brusquement, empilant les plats et les portant jusqu'à l'évier. Puis il remplit la bouilloire. "Tu veux du thé?"

C'était un rameau d'olivier et Jack l'a pris. "Bien sûr."

Il regarda Ewan sortir une théière et des mugs, un pot à lait et un sucrier, et les disposer sur un plateau. Cela avait un air rituel. Jack se demanda si c'était un service qu'Ewan rendait à Nate. Il décida d'être flatté et ne l'interrompit pas.

Lorsque la bouilloire a bouilli, Ewan a versé de l'eau chaude dans la théière, la faisant tourner avant de vider l'eau. Puis il ajouta les feuilles, fit bouillir la bouilloire et remplit la marmite. Pendant que les feuilles de thé étaient trempées, Ewan porta soigneusement le plateau jusqu'à la table de la cuisine et le posa. Il sortit une boîte de conserve du placard, l'ouvrit et la posa sur la table à portée de main. C'était à moitié plein de cookies.

Lorsque Jack refusa, Ewan haussa les épaules. "Comme vous voudrez. Je parie que je sais pourquoi le père de Chan te déteste, » ajouta-t-il d'un ton bourru, s'installant dans son fauteuil. "Je parie qu'il pense que tu as rendu son enfant gay et tout."

"Certainement, mais je pense qu'il aurait pu l'accepter si je n'avais pas eu plus de succès que lui", a déclaré Jack en guise d'accord. «Je fais en sorte qu'il soit difficile pour Howard d'ignorer à quel point il a été un père épouvantable lorsque je donne à Channon tout ce qu'il n'a jamais fait. C'est surtout de l'attention, mais pour lui, l'argent semble un affront personnel.

Ewan renifla. "Votre argent n'est pas ce que Channon aime chez vous."

"Non," acquiesça Jack. "Channon t'a parlé de son père ?"

Ewan fronça les sourcils. Une minuterie s'est déclenchée sur son téléphone et il a pris la théière pour la verser. "Toujours. Un peu. C'est un connard.

"Je suis... insatisfait de M. Beaumont depuis un certain temps," dit lentement Jack, choisissant ses mots avec soin. C'était l'affaire de Channon, et il n'avait pas l'intention d'en révéler plus que ce avec quoi Channon serait à l'aise. "Chaque fois qu'il laisse tomber Channon, je trouve des moyens de le ruiner." Cela attira l'attention d'Ewan, ses yeux orageux se levant pour se fixer sur Jack avec une intensité soudaine alors qu'il poussait la tasse de Jack vers lui. « Ce serait extrêmement satisfaisant de démolir la vie qu'il s'est construite et de la laisser en lambeaux autour de lui. Pour être sûr qu'il savait que c'était moi. Assurez-vous qu'il sache que c'était à cause de sa négligence en tant que père.

La bouche d'Ewan se contracta. « Oh, oui. Et entendre les lamentations de ses femmes ?

Sans y être invité, Jack sentit sa propre bouche se courber en un sourire. «Oui», dit-il. « Sauf que c'est ça le problème, n'est-ce pas ? Howard Beaumont a de jeunes enfants et un partenaire qui ne méritent pas d'être pris entre deux feux. Et Channon serait bouleversé », a admis Jack. "Ce qui est inacceptable pour moi."

Cela semblait donner à Ewan quelque chose à mâcher. Il s'occupait de son thé, son regard parcourant sans cesse la pièce. Jack ajouta du lait dans sa tasse et le goûta. Étonnamment bonne. Ewan semblait prendre le thé au sérieux, du moins.

"Donc tu ne peux pas te venger", a déclaré Ewan. Sa bouche se tordit en un sourire méchant. "Je parie que tu détestes ça."

"Je fais."

Ewan a ajouté: "Parce que tu es un maniaque du contrôle."

"Je le suis," acquiesça Jack. « Et c'est une démangeaison que je ne peux pas gratter. Je dois m'occuper de Channon. Son père lui fait du mal. Par conséquent, je suis obligé de blesser son père. Mais cela contrarierait Channon, et tout ce que je peux faire, c'est m'assurer qu'il ressente le moins possible le manque de présence de son père dans sa vie.

Ewan hocha sagement la tête. "Et c'est pourquoi tu lui fais t'appeler papa."

Jack fut comme un choc d'entendre ce mot dans la bouche d'Ewan. Il se força à se desserrer. "Je ne le fais pas."

Cela semblait satisfaire Ewan ; il remonta ses genoux contre sa poitrine, posant sa tasse dessus. Cela avait l'air en désordre. « Pourquoi tu me dis ça ? Tu veux de l'aide pour mettre des épingles dans la poupée vaudou du père de Channon ?

"Je", dit Jack à voix basse, "je trouve cathartique d'imaginer comment je pourrais ruiner M. Beaumont. Avec autant de détails et dans la plus grande mesure que mon imagination peut gérer.

Les yeux d'Ewan se tournèrent vers lui, orageux et incertains. "Toujours?"

"Et j'ai pensé que tu pourrais apprécier la même chose, en ce qui concerne ton ex."

Avec une bouffée d'air explosive, Ewan laissa tomber ses pieds sur le sol, tambourinant ses talons avec agitation. «Je ne peux pas me venger. Comment pourrais-je faire ça ? Je ne peux pas simplement... mettre des crevettes dans ses tringles à rideaux.

La pensée de l'odeur pendant qu'ils pourrissaient fit grimacer Jack. "Créatif. Mais on peut voir plus grand que ça.

Ewan se laissa tomber sur sa chaise. « Comme... l'attacher à une fusée et l'envoyer au soleil ? »

"Si tu veux. Je préfère que mes fantasmes de vengeance soient plus réalistes », a déclaré Jack. "Comme si je pouvais réellement les atteindre."

Ewan fronça le nez. "C'est donc des crevettes dans les tringles à rideaux."

"Ou," dit Jack en tournant sa tasse dans ses mains, "nous pourrions le frapper là où ça fait mal. Qu'est-ce qui compte le plus pour lui ?

Ewan haussa les épaules. "Argent. Son image. Ses putains de costumes.

"Eh bien, d'abord nous le mettons sur liste noire avec son tailleur," dit Jack, se laissant aller à l'idée. « Cela m'ennuierait. Ensuite, élargissez cela pour inclure tous les tailleurs de sa ville. Juste pour le désagrément.

Ewan avait l'air sceptique. "Comment?"

"Corruption."

« Je n'ai pas de pots-de-vin », dit Ewan avec acidité.

"Oui," lui dit Jack.

"Je pensais que c'était censé être" réaliste "", a déclaré Ewan, faisant des citations odieuses. "Je n'ai pas l'argent de votre pot-de-vin."

Jack sourit un peu. "Pensais-tu que je n'allais pas t'aider à te venger dans ce fantasme ?"

Cela fit redresser Ewan. "Pourquoi ferais-tu ça?"

Parce que Nate m'a dit de prendre soin de toi, pensa Jack. Parce que je veux que Channon soit heureuse. « Parce que la vengeance est amusante », dit-il à voix haute, « et j'aime la planifier. Même si je suis presque sûr que tu ne me laisseras pas faire ça.

Ewan le regarda. Puis il sourit. C'était un sourire méchant, plein de dents. Jack trouva cela remarquablement déstabilisant. « Oh, oui. Ensuite, je veux qu'il soit banni de tous les putains de clubs pervers de Santa Rita.

"Pourquoi s'arrêter là ?" » demanda Jack. Il leva la paume vers le haut, écartant les doigts. « Faites passer le message sur les lieux et il sera mis sur liste noire partout où vous le souhaitez. Tout ce que tu as à faire c'est de le dire à Diana. Elle détruirait volontiers sa réputation pour toi.

"Maîtresse Diana ne ferait pas ça pour moi", protesta Ewan.

Jack haussa un sourcil. «Je pense que tu sous-estimes son affection pour Nate. Et par extension, pour vous. Mais si vous préférez ne pas lui demander, vous pouvez raconter votre histoire à M. White. Il serait très réceptif. Même si M. White dédaignait un gamin, il se souciait beaucoup du traitement correct des soumis, et une histoire comme celle-ci le consternerait profondément.

Mais Ewan fit la grimace. "Passer."

"Ou demande simplement à Nate," dit calmement Jack. "Nate le ferait pour toi en un clin d'œil. Je suis surpris qu'il ne l'ait pas déjà fait, d'ailleurs.

Ewan avait l'air mal à l'aise. "Nate s'énerve quand je parle de Gary," dit-il doucement. "Il fait semblant d'être calme mais... il a son air de tueur en série."

« Un look de tueur en série ?

"Toujours. Vous savez," dit Ewan, faisant une grimace en colère, "comme s'il allait carrément assassiner un mec. Et puis je me dis : « Putain, je ne veux pas que Nate aille en prison », alors je... ne lui parle pas de Gary.

Jack n'était pas sûr d'avoir réellement vu le look de « tueur en série » de Nate. Il avait vu Nate en colère, et il avait vu Nate joyeusement sadique, mais il n'avait jamais vu Nate au bord d'un véritable homicide. Soit Ewan exagérait, soit peut-être s'agissait-il d'un Nate que Jack n'avait jamais réellement rencontré.

Cette idée lui fit ressentir un pincement à la poitrine, comme si on tirait si fort sur une ficelle qu'elle se cassait. Bien sûr, Ewan avait accès à des parties de Nate que Jack n'avait pas. C'était logique. C'était juste. Mais Jack n'était pas obligé d'aimer ça.

Il a pris une profonde inspiration. « Alors tu devras me le demander. Ne vous inquiétez pas, je ne vous obligerai pas à mendier.

Ewan lui lança un regard étroit. « Tu ne vas rien faire à Gary pour de vrai, n'est-ce pas ? C'est juste... un jeu de rôle de vengeance étrange.

Jack sourit. "C'est exact. Élaborons un plan de vengeance.

Ewan poussa un soupir. "D'accord. D'accord, alors... alors pourrais-tu, genre, je ne sais pas. C'est un responsable technique. Ewan regarda Jack dans les yeux. "Et si je ne voulais plus qu'il travaille dans la technologie ?"

"Facile," lui dit Jack. C'était ridiculement facile de ruiner quelqu'un professionnellement. Il suffisait de retrouver d'anciens tweets ou emails et de faire pression sur les bonnes personnes pour qu'elles s'en indignent. Jack ne l'avait jamais fait, mais il savait que c'était possible. Les gens l'offraient comme un service, entre autres choses. « Nous allons juste... détruire sa réputation. Assurez-vous que chaque recherche de son nom aboutisse aux pires choses qu'il ait jamais faites. Nate peut déchirer son code en cas de débordement de pile, pour des points supplémentaires. Fait."

Ewan renifla. "Juste comme ça." Il pencha la tête vers Jack. « Ey, pendant que tu fais exploser la merde, est-ce qu'on peut demander à quelqu'un de mettre des crevettes dans ses tringles à rideaux ? »

"Bien sûr. Rien d'autre ?"

« Je ne sais pas. Encore en train de penser." Ewan tenait sa tasse contre sa poitrine, la tenant à deux mains. « Est-il difficile de mettre une voiture en fourrière ? » » demanda-t-il, les yeux brillants.

Jack sourit. Ce n'était même pas forcé. C'est donc le côté ludique qui vient avec le morveux. Planifier sa vengeance. Après tout, c'était un passe-temps qu'il appréciait beaucoup.

Peut-être qu'il ne devrait pas le faire. C'était peut-être anormal. Mais la joie sur le visage d'Ewan était gratifiante après toute cette tristesse, et Jack ne trouvait pas la moindre once de remords en lui-même, même s'il ne regardait pas très attentivement.

Chapitre 6

Après le dîner, Channon dit bonsoir à Nate et se rendit dans sa suite. C'était un écho vide avec juste lui dedans. Il se demanda comment allait Ewan et lui envoya un texto, mais il n'obtint pas de réponse tout de suite.

Jack lui avait dit d'appeler une fois qu'il serait au lit. Il était vraiment encore tôt, mais Channon estimait qu'il n'était pas déraisonnable de se coucher tôt.

Il se doucha, se sécha et se glissa dans le lit, encore un peu humide. Lorsqu'il a appelé, Jack a répondu à la deuxième sonnerie.

"Coucou mon coeur. Comment etait le diner?"

Channon ferma les yeux, imaginant Jack à l'autre bout du fil. Dans son esprit, Jack était détendu, adossé au dossier de sa chaise de bureau, vêtu de son jean le plus doux et le plus ancien et d'un T-shirt confortable. Pieds nus, ses longs orteils propres écartés contre le tapis. Channon pourrait s'agenouiller et les embrasser, les lécher si c'était ce que Jack voulait.

"Bien, monsieur," dit Channon. "Nous avons du Tex-Mex."

« Ah, excellent. Et est-ce que Nate a pris soin de toi ?

Channon se mordit la lèvre. "Ouais. Il était gentil. Comment allait Ewan ? » demanda-t-il avec une certaine appréhension.

"Nous nous entendions bien." À la surprise de Channon, Jack ne semblait même pas un peu frustré. Son rythme cardiaque s'accéléra. Jack avait-il réglé ses frustrations sur Ewan avec une ceinture ?

Il passa une main sur sa poitrine. "As-tu joué avec lui?" Il essaya de paraître léger, mais à ses propres oreilles, sa voix semblait bancale.

«Je...» Jack hésita, puis il rit doucement. «Vous savez, je pense que c'est peut-être le cas. Rien de grave, mais je l'ai obligé à s'asseoir et à me dire ce qui n'allait pas, puis je lui ai fait fantasmer une terrible vengeance sur son ex. Je pense qu'il a trouvé une certaine catharsis.

Cela ne ressemblait pas vraiment à un jeu pour Channon, qui le dit à voix haute.

« Peut-être pas, mais il y avait un élément de domination là-dedans. Je l'ai nourri aussi.

Channon fredonnait, essayant de ne pas paraître inquiet. "Comme, de ta main ?"

"Non," rigola Jack. "A table, comme un grand garçon." Sa voix devint douce. "Est-ce que ça t'inquiétait, chérie?"

Channon expira, son anxiété s'épuisant et le laissant ridicule. "Type de. Pas vraiment, juste... J'aimerais que vous l'étiez tous les deux, vous savez. Si tu ne l'as pas fait... je veux dire... »

« Tu veux que nous nous entendions bien.

"Oui", acquiesça Channon, "mais plus que ça. Je sais que Nate est ton meilleur ami et Ewan est mon meilleur ami. Et... tu sais, parfois, je... je veux dire, j'aimais quand toi et Nate jouiez avec nous. Nous deux." Il avait alors vu Jack fouetter Ewan, et cela ne l'avait pas fait se sentir bizarre. Alors pourquoi l'idée que cela se produise alors qu'il n'était pas là lui paraissait-elle si... si gênante ?

Channon expira, essayant de gérer la sensation étrange dans sa poitrine. Ne voulait-il pas que Jack et Ewan s'entendent bien ? Peut-être même jouer ensemble ? Ne serait-ce pas mieux que de les avoir en désaccord les uns avec les autres ?

Et il l'a fait. Il ne voulait juste pas que Jack veuille Ewan plus que lui. Il ne voulait pas perdre son Monsieur.

Dès qu'il a mis des mots sur ce sentiment, Channon s'est senti idiot. Bien sûr, Jack ne voudrait pas plus d'Ewan que lui. Ewan était un gamin. Jack ne voulait pas du tout de ça. Il n'y avait donc aucun moyen. Même si Jack et Ewan jouaient, même si Jack faisait travailler Ewan avec une ceinture, cela ne voudrait rien dire. Ce ne serait pas comme si c'était entre eux. Rien au monde n'était comme ça. Channon appartenait à Jack, et Jack le voulait.

Jack n'allait pas s'ennuyer soudainement de lui et partir.

Ce n'est pas mon père.

Et comme Jack n'était pas son père, Channon savait qu'il pouvait dire cela sans avoir peur de mettre Jack en colère.

"Je ne veux pas que tu veuilles un autre soumis plus que moi", dit-il à voix haute.

Il entendit la respiration de Jack. "Chérie," dit fermement Jack, "ça n'arrivera pas. Je suis votre Monsieur. Personne d'autre ne peut être ça pour toi, et personne d'autre ne peut être mon garçon. Est-ce que tu me crois?"

"Oui, monsieur," soupira Channon. Il se tortilla dans le lit jusqu'à ce que sa tête glisse de l'oreiller sur le matelas et que son visage soit à moitié submergé par les couvertures. «Tu m'as choisi. Je suis celle que tu vas épouser. Je sais."

"Alors que se passe-t-il?"

«Quand nous étions mariés, tu disais que rien ne devait changer. Et je viens... je pense que nous devrions garder Nate et Ewan. Parce qu'ils font en quelque sorte partie de nous. Par exemple, je n'aime pas l'idée qu'ils ne reviennent plus jamais faire des trucs coquins. Il s'est mouillé les lèvres. « Et ça ne me dérange pas si tu fais des choses avec Ewan. Si tu sais. Cela ne le dérange pas.

Le silence au téléphone fut suffisamment long pour que Channon se demande si l'appel avait été interrompu, mais Jack dit ensuite à voix basse : « Je ne pense pas qu'Ewan ou moi voulons ça. Mais, chérie, tu penses vraiment que ça ne te dérangerait pas ?

Channon déglutit. "Ouais?"

"Parce que je pense que tu le ferais vraiment," dit doucement Jack. « Je pense que ça te dérangerait beaucoup. Et je ne prendrai en aucun cas ce risque, juste pour avoir une chance de jouer avec quelqu'un qui, jusqu'à récemment, ne supportait pas ma vue.

Channon se frotta à nouveau la poitrine, là où ça lui faisait mal. "Jusque récemment?"

"Eh bien, je pense que nous avons bien fait ce soir. C'est nouveau, alors laisse-lui du temps.

« Est-il toujours chez nous ? » demanda Channon.

"Les notres ? Non, nous sommes chez Nate.

Oh. Channon a essayé de réimaginer Jack chez Nate et a échoué. Son image du lieu n'était pas assez forte.

"Comment te sens-tu, chérie ?"

"Je vais bien", dit Channon, un peu gêné par lui-même. « Mais... Nate et Ewan. Je ne veux pas les perdre quand nous nous marierons.

"Alors nous ne le ferons pas", promit Jack. « Nous allons y arriver. Il ne s'agit pas seulement de vouloir la bite de Nate en toi, n'est-ce pas ? » demanda Jack d'un ton taquin. « Parce que tu sais, tu peux avoir ça. J'adorerais revoir ça.

Cela lui fit rire. "Non ! Je veux dire, ça ne me dérange pas. J'aime quand, tu sais. Quand vous invitez les gens à faire ça. Mais je n'ai pas seulement envie de ça ou quoi que ce soit.

"Mmmm. Je pense que je sais à quelle bite tu aspires.

Channon sentit ses joues rougir. « Votre, Monsieur. »

« Oh, cela va sans dire. Mais je pense que tu veux quelqu'un de plus grand.

D'accord, ils s'étaient officiellement détournés de la partie « grandes sensations » de la conversation pour se tourner vers la partie « grandes sensations ». Une chaleur familière monta sur ses joues et il sut qu'il rougissait. "Monsieur, je n'ai besoin d'aucune bite sauf la vôtre."

"Mais tu as le droit de le vouloir," dit Jack avec magnanimité. "Je te veux."

Channon ferma les yeux et se tortilla dans ses oreillers. "D'accord."

"D'accord ?"

"Oui Monsieur."

"Dans ce cas," dit Jack d'un ton bas et suggestif, "je veux savoir à quel point tu es nu en ce moment."

"Euh, totalement ?"

"Je pense que je vais avoir besoin de preuves, ma chérie."

Channon se tortillait sous les couvertures. « Quel genre de preuve ? »

"Comment penses-tu pouvoir le prouver ?"

"Je pourrais... t'envoyer un selfie ?"

"C'est exact." La voix de Jack débordait d'approbation. "Alors vas-y. Vous pouvez recadrer votre visage si vous le souhaitez.

Parce que Jack connaissait suffisamment bien son corps pour le reconnaître n'importe où, et Jack savait que Channon ne lui mentirait jamais. "Oui Monsieur. Une seconde."

Channon repoussa les couvertures, son pouls s'accélérant un peu. Un selfie nu. Nus. C'était ce que Jack voulait.

Il savait par expérience que les selfies corporels étaient plus difficiles qu'ils ne le paraissaient – plus difficiles à mettre en valeur, en tout cas. Channon posa une main sur son ventre et se concentra sur cela plutôt que sur ses déchets (même si les déchets étaient définitivement toujours dans le cadre). Il prit une série de photos, essayant de ne pas trop y penser.

L'un d'eux semblait bien. Le bord supérieur montrait sa gorge et sa bouche mais rien de plus. Le bas descendait jusqu'aux cuisses. Était-ce assez bien ? Channon a rapidement placé un filtre dessus, chaud et délavé, et l'a envoyé avant de pouvoir perdre son sang-froid. Puis il a supprimé les nus de son téléphone.

"Voilà, Monsieur," dit-il, un peu essoufflé. "Est-ce que c'est ce que tu voulais ?"

Jack rit doucement. "Voyons." Son téléphone sonna. "Hmmm. C'est exactement ce que je voulais. Bon garçon. Mais ta bite a l'air seule," ajouta-t-il d'un ton doux et bas. "Touche ça."

Channon expira lentement. "Oui, monsieur," dit-il en glissant sa main vers le bas et en l'enroulant autour de sa bite.

"Dis-moi ce que tu fais, Channon."

L'ordre se glissa en lui, le forçant à obéir. Channon se lécha les lèvres. « Je le tiens juste. Juste... en serrant un peu.

« Faites glisser votre prépuce sur la tête. Branle-toi avec.

Channon fit ce qu'on lui disait, se sentant épaissir. « Je... je le fais, monsieur. Je deviens dur. C'était si facile de devenir dur quand Jack lui disait quoi faire.

Maintenant, Jack a dit : « Est-ce que c'est bon ?

"Ouais, mais..." se taquina Channon, doigtant le dessous de la tête à travers son prépuce. "Pas comme quand tu le fais."

"Peut-être que tu as besoin de lubrifiant", suggéra Jack. "Il y en a dans ta trousse de toilette."

Channon se redressa, se sentant agité et surréaliste. Il y avait du lubrifiant dans sa trousse de toilette. « Compris, monsieur », dit-il.

"Vous savez ce qu'il faut faire."

Channon a mis le téléphone dans son épaule et était sur le point de s'allonger lorsqu'il a hésité. Cela pourrait devenir compliqué. À la maison, ce n'était pas un problème, mais c'était un hôtel. Les gens devaient nettoyer après lui. Gêné, il attrapa une serviette et l'étala.

"Prêt, Monsieur."

"Décrivez-le-moi."

Channon expira en fermant les yeux. « Je suis allongé sur le dos, sur une serviette, sur les couvre-lits. Nu. J'ai le lubrifiant et, et je suis dur, monsieur. J'aurais aimé que tu sois là", a-t-il ajouté par souci d'honnêteté.

Jack émit un son doux et satisfait. "Oh, je parie que oui, chérie. Mais il va falloir en tirer le meilleur parti. Je veux que tu te lubrifies.

« Ma bite ?

Ou ou? " » Invita Jack, visiblement en train de s'amuser.

Bien sûr, il voulait le faire dire à Channon. "Mon connard."

"Les deux," dit fermement Jack. "Branlez-vous et mettez vos doigts à l'intérieur. Dis-moi ce que tu ressens.

La porte était verrouillée, n'est-ce pas ? Channon résista à l'envie de se lever et de vérifier. C'était autobloquant. Il en était presque sûr. "Oui, monsieur," dit-il.

Il a mis du lubrifiant sur ses doigts et les a fait glisser sur lui-même. Le lubrifiant était froid mais réchauffé rapidement. Il y avait cette odeur familière, celle qui lui faisait penser à Jack. Il l'a avoué en glissant sa queue, bougeant lentement sa main.

Jack rit. "Je sens le lubrifiant ?"

"Le lubrifiant sent comme toi", a déclaré Channon. "Comme... tu es la raison pour laquelle j'en ai besoin."

"Mmm, je le suis. Comment est ton trou ?

Channon glissa une main pour passer un doigt entre ses joues. "Serré."

"Timide ?"

"Peut être." Il se taquina du bout du doigt. "Je... j'ai besoin d'une seconde."

« Prends ton temps, chérie. Dis-moi ce que tu fais.

"Je le touche." Le premier centimètre du doigt glissa sans résistance. Il a ensuite dû l'enfoncer plus profondément, et l'angle était difficile. "J'ai dépassé, euh, le premier coup de poing."

"Bon garçon," murmura Jack. "Continue."

Channon se doigta, une main tremblante sur sa queue, écoutant la respiration de Jack au téléphone. Est-ce que Jack se branlait ? Channon ne le pensait pas. Il se demandait si Jack aimait ce qu'il entendait.

«Je le suis, euh. Deux doigts," dit Channon, ne voulant pas que Jack s'ennuie.

« Qu'est-ce que ça fait ? »

Channon se lécha les lèvres. "Ce n'est pas aussi bien que quand vous le faites, Monsieur."

"C'est d'accord. Si je ne peux pas être là avec toi, je veux savoir que tu peux prendre soin de toi.

Bien sûr. "Je peux, si tu me le dis."

"C'est mon garcon." Il avait l'air content. « Enfoncez vos doigts aussi profondément que possible en vous. Essayez-en un troisième.

Le troisième a pris un peu de temps, mais Channon y est parvenu. Le faire lui-même rendait les choses plus difficiles, mais les faibles assurances de Jack l'aidaient. Bientôt, Channon souffla : « C'est tout ce que je peux atteindre » dans le téléphone, et Jack fredonnait de plaisir.

"Bon garçon," dit-il, puis. "Attendez un instant."

Quelque chose bruissait sur la ligne. Un son étouffé fut suivi d'un autre. Voix? Est-ce que Jack parlait à quelqu'un ?

Channon restait immobile, les doigts d'une main enfouis dans ses fesses et l'autre enroulés autour de sa queue. Il se caressa, lentement comme de la mélasse dégoulinante, sentant la chaleur et la chaleur s'accumuler entre ses cuisses alors qu'il attendait Jack.

Puis Jack a dit : « Très bien. Je suis de retour."

"Tout va bien, monsieur?" » demanda Channon à bout de souffle.

"Ewan va se coucher."

Channon avait oublié Ewan. Il serra les doigts, se demandant s'il était égoïste d'avoir oublié. "Est-ce qu'il va bien?"

"Il va bien. Il a demandé s'il pouvait dire bonjour. Je lui ai dit que tu étais occupé," dit Jack avec amusement.

Oh mon Dieu. Ewan pensait probablement qu'ils faisaient exactement ce qu'ils faisaient.

Et cela n'avait pas d'importance. Channon se rappela qu'Ewan l'avait vu faire bien pire. Et si les choses se déroulaient comme Channon l'espérait à moitié, Ewan le verrait certainement comme ça un jour.

"Comment vas-tu mon coeur?"

"Bien, monsieur," dit Channon. «Je, euh. J'ai continué à me branler.

Jack fredonnait. "On dirait que tu es prêt pour ton cadeau." Les mots n'avaient pas immédiatement de sens. "Essuie-toi les mains et ouvre la boîte que Nate t'a donnée."

Oh. Que. Channon l'avait complètement oublié. Il s'essuya les mains et attrapa la boîte. Noir, élégant, sans étiquette : c'était intimidant. Quoi qu'il en soit, Jack avait clairement un plan.

Avec méfiance, Channon l'ouvrit. Il inspira, observant le contenu avec inquiétude, mais sans réelle surprise.

Niché à l'intérieur d'une mousse d'emballage moulée se trouvait un gode. Bien sûr. Ce n'était pas aussi gros que le plus gros que Jack lui avait acheté, pas l'énorme dont Jack aimait le taquiner. Mais c'était quand même énorme. Énorme et quelque peu réaliste, avec des boules assez réalistes à la base. La couleur était quelques nuances plus claires que celle de Jack, la tête rougissait en rose, les veines la parcouraient tout le long.

Channon expira. "Euh. Je pense que je sais où cela va, Monsieur, » dit-il faiblement.

Jack rit. "Ouais, chérie, ça te pénètre. Vous devrez remercier Nate demain pour l'avoir livré.

Mon Dieu, Nate avait amené ça via la TSA ? Channon ne pouvait pas imaginer faire ça. Cette pensée me brûlait le visage.

"Mets-toi à l'aise," conseilla Jack. "Cela va prendre du temps."

Ça faisait. Channon a appuyé ses hanches sur un coussin avec la serviette dessus et a fait entrer la chose lentement. Chaque centimètre carré en avait l'impression d'être trois, et il dut s'arrêter, respirer et écouter les encouragements rassurants de Jack.

« Vous vous en sortez si bien. C'est un si bon garçon. Tu peux le prendre. Je t'ai vu prendre plus que ça. Pas besoin de se presser."

Channon ne se précipitait pas, mais le temps semblait passer lentement. Cela lui a pris des heures pendant qu'il faisait bouger le gode, sentant son corps s'ouvrir à lui.

Pour ça? Non. Son corps s'ouvrait pour Jack, comme si Jack était celui qui pressait tout ce silicone contre lui. Parce que c'était exactement ce qui se passait. Les mains de Channon étaient peut-être celles qui tenaient la chose, mais c'était Jack qui tirait les ficelles.

"Arrête de toucher ta bite," dit Jack, et Channon s'arrêta. Il tenait le gode à deux mains. "Dis-moi ce que tu ressens."

"C'est tellement gros", haleta Channon, soulevant ses hanches du lit et sentant la longueur de la chose fléchir en lui. Il transpirait, des gouttelettes jaillissaient de ses pores alors qu'il faisait basculer le gode contre lui. La plénitude écrasante lui faisait épaissir la gorge, son corps se contractant compulsivement avec une douleur délicieuse et insupportable.

"Pouvez-vous le prendre?" » demanda Jack.

"O-oui", a avoué Channon. "Mais... Monsieur, je pense..."

Quelque chose d'aussi important avait sur lui un effet impossible à ignorer. Il était tendu, son corps tendu contre l'envie de jouir. Il voulait lâcher prise, céder, se laisser envahir. Mais il savait ce que Jack voulait, et il était coincé entre l'inévitabilité de l'orgasme qui se développait en lui et l'obéissance à son Monsieur.

"Monsieur," haleta-t-il, essayant de ne pas se serrer. "C'est tellement."

"Tu as eu plus gros," répéta Jack, bas et insistant.

Channon secoua la tête. Ses yeux étaient larmoyants. « Mais je suis venu, Monsieur, ça m'a fait venir, et je ne peux pas... Monsieur, ça va arriver... »

« Vous allez venir ?

"Oui, Monsieur," respira Channon, tenant le gode immobile parce que s'il le bougeait, cela arriverait. « J'essaie, mais... »

« Alors viens, » ordonna Jack.

Channon gémit, glissant le gode jusqu'au dernier centimètre en lui et le sentant s'enfoncer profondément. Son corps eut des spasmes. C'était hors de son contrôle. Il commença à trembler, respirant de petits halètements alors que ses couilles se relevaient et que sa queue sursautait, se déversant en jets chauds sur son torse luisant de sueur. Il gémit, incapable de s'en empêcher, attelant sans réfléchir ses hanches pour enfoncer le gode aussi profondément que possible. Mon Dieu, ça faisait mal. Cela l'a abattu, le noyant dedans.

Quand ce fut fini, il s'effondra sur le lit, essoré et inutile. Il pouvait à peine réfléchir, son esprit et son corps effacés par le flot de plaisir qui l'envahissait.

Son téléphone avait glissé sur l'oreiller. Il lui fallut un effort pour l'attacher à son oreille. "Monsieur?" » il a marmonné.

"Ça avait l'air bien, chérie," dit Jack d'une voix épaisse. Sa voix était rauque. Il avait l'air excité. Channon se demanda d'un air trouble s'il s'était branlé. Mais quand il lui demanda la même chose, Jack rit tristement. « Pas dans la chambre d'amis de Nate. Non, je le garderai pour quand tu rentreras à la maison et que tu viendras en face.

Si Channon avait pu en rire, il l'aurait fait, mais il était épuisé. Quel gâchis. Juste de la chair.

Habituellement, c'était le moment où Jack profitait de son inutilité pour le baiser fort et brutalement, et Channon ne pouvait rien faire d'autre que de le prendre, n'être qu'un réceptacle pour la jouissance de Jack.

Bien. Il faudrait qu'il attende ça.

"Est-ce que c'est toujours en toi?" » demanda Jack.

Channon gémit. "Ouais. Je suis en désordre.

"Prends une photo pour moi."

Oh mon Dieu, bien sûr qu'il voulait ça. Channon s'est essuyé les mains avec la serviette et a pris une photo vraiment obscène de lui-même. L'angle n'était pas génial, mais le gode était clairement visible tout au fond de lui, et il pensait que c'était ce que Jack voulait voir.

"Magnifique", dit Jack. « Peut-être que nous devrions demander à quelqu'un de prendre des photos sales de toi un jour. Faites-en un ensemble. Victor pourrait les exposer dans sa galerie. Channon émit un faible bruit de protestation et Jack rit. "Peut être pas. Mais j'aimerais quand même les photos. Tu peux le sortir et nettoyer, chérie. Laissez l'appel connecté, j'attendrai.

Lorsque Channon fut propre et sec et blotti en toute sécurité sous les couvertures, Jack lui dit qu'il avait fait du bon travail et qu'il avait été parfait. "Je suis tellement content de toi," dit Jack, et Channon se tortilla de contentement endormi.

"Je vous aime, Monsieur."

"Je sais, mon chou. Je t'aime tellement. Au plaisir de vous accueillir à la maison. »

"Alors tu peux venir sur mon visage?" » demanda Channon en bâillant.

Jack rit. "Tu ferais mieux de le croire."

Épilogue

Jack est apparu sur le visage de Channon quand il est rentré à la maison. Il ordonna à Channon de se mettre à genoux et se branla, regardant l'expression de Channon passer de l'empressement à la déception de ne pas être autorisé à sucer, s'installant finalement sur une acceptation soumise.

Jack lui sourit alors qu'il clignait de ses cils collants. "Bienvenue à la maison, chérie."

C'était bien de voir Channon de retour à sa place. Jack l'a mis par terre entre ses pieds pendant le dîner et lui a donné à manger des morceaux de poulet froid et de la salade. Et plus tard, parce que Channon avait été très gentil, Jack l'a emmené à l'étage et l'a baisé dans leur lit. Il a même permis à Channon de venir. Magnanime de sa part, vraiment.

Après, Channon se blottit sous l'aisselle de Jack et fredonna. "Monsieur," dit-il prudemment, comme s'il avait réfléchi à cela et avait finalement décidé de la meilleure façon d'aborder ce qu'il avait en tête. "Puis-je te parler de quelque chose?"

"Toujours," murmura Jack, passant ses doigts dans les cheveux mouillés de sueur de Channon. "À propos de tout ce que tu veux."

"Pensez-vous," dit lentement Channon, "que nous pourrions, euh. Faire davantage de ce genre de servitude difficile ? »

Jack sentit cela lui parcourir le dos. « Tu veux que je te mette dans une position douloureuse, chérie ? Vous torturer un peu ? Vous faire vous torturer ? Il a marqué son ongle du pouce sur la poitrine de Channon, laissant derrière lui une marque rose. "Je peux le faire. J'adorerais faire ça.

"C'est juste... je pense que j'aimerais faire de gros efforts pour te rendre heureux." Channon se tortilla pour regarder Jack avec de grands yeux de bébé phoque. «Tu sais que j'aime ça. Et tu aimes me faire travailler dur pour toi, alors... donc c'est logique, n'est-ce pas ?

"Cela fait." Jack a ajouté une deuxième marque de score à travers la première, pour former une croix. C'était comme et contrairement à une marque, pensa-t-il, sa marque sur Channon.

Ewan avait-il raison de dire que Jack ressemblait trop à son ex violent ? Parce que Jack avait décidé que l'homme avait abusé d'Ewan, même si Ewan avait pensé qu'il le voulait.

« Pensez-vous que cela vous plairait ? Cela peut être épuisant », a déclaré honnêtement Jack. « Vous pourriez en trouver trop. J'aimerais être sûr que tu me le dirais si tu ne veux plus le faire.

Channon rit doucement, secouant sa frange sur son front. Ses cheveux redevenaient longs et avaient besoin d'être coupés. « C'est peut-être ce que j'aimerais. Je n'aime pas ça, mais je le fais pour toi quand même.

"Mais si tu voulais arrêter," insista Jack, se redressant sur les oreillers et regardant Channon dans les yeux. « Si tu voulais arrêter tout ça. Tout. Veux-tu me le dire ?

Cela semblait le laisser perplexe. Il se mit à genoux, ses mains enroulées sur chaque cuisse nue. « Arrêtez... nous ?

"Le problème," clarifia Jack. "Les choses que nous faisons."

Maintenant, il avait l'air alarmé. "Tu veux dire si je voulais arrêter d'être ton garçon ?"

C'était aigu, une douleur dans la gorge de Jack. "Si tu voulais."

"Mais c'est ce que je suis", dit Channon d'un ton plaintif. Ses mains se fléchirent, s'étendirent puis se recourbèrent à nouveau. "Vous êtes mon monsieur."

"Je le suis," le rassura Jack, prenant les mains de Channon et les prenant entre les siennes. « Cela ne doit jamais changer. Mais certaines parties de ce que nous faisons représentent beaucoup. Je ne veux pas que tu acceptes tout ce que je veux juste parce que je le veux », a-t-il dit, mais c'était mal de le dire à voix haute parce qu'il le voulait. Il voulait l'obéissance aveugle de Channon, sa soumission sans limites. C'était juste qu'il ne pouvait pas l'avoir. Il ne pouvait pas se savoir être une bonne personne.

Quoi qu'il en soit, Channon n'y a pas cru une seconde. Son expression était profondément sceptique. « Ce n'est pas vrai, monsieur. Ne dis pas ça.

Jack expira lourdement. "Tu as raison. Je suis désolé. Je veux ça. Mais je ne veux pas que tu le regrettes un jour. Je ne veux pas que tu te souviennes de moi comme de celui qui t'a foutu en l'air, » dit-il, n'aimant pas le dire mais étant obligé de le faire.

Les mains de Channon se retirèrent, mais seulement pour pouvoir insérer ses doigts dans ceux de Jack, les tenant fermement. « Je veux dire... peut-être que tu m'as un peu foutu en l'air ? dit-il en souriant timidement. « Genre, je pourrais être un pervers total maintenant. Mais cela ne me dérange pas. Ça en vaut la peine. Parce que je te comprends, et tu me laisses... tu ne me fais pas faire des choses qui me blessent vraiment. Et tu ne m'oublies pas. Et je sais que je peux toujours te faire confiance. Donc." Il haussa une épaule. "Je pense que ça va."

"Ouais?" Jack serra fort les mains de Channon pendant un moment. "Tu penses que tu ne me détesteras pas un jour?"

"Je veux dire, cela dépend de ce que vous faites d'autre," dit solennellement Channon. « Genre, je ne pense pas qu'il soit impossible pour toi de me foutre en l'air entre ici et le reste de nos vies. Je ne pense tout simplement pas que tu le feras exprès. Il avait l'air si sincère. Jack sentit sa poitrine se relâcher.

Peut-être qu'Ewan avait des raisons de s'inquiéter pour Channon. Mais Jack ferait tout ce qu'il pouvait pour s'assurer que Channon ne le fasse jamais. Après tout, c'était son travail de s'occuper de Channon. Pour le reste de leur vie.

"Viens ici," dit Jack en tirant, et Channon s'approcha pour chevaucher ses hanches et se faire embrasser. Jack caressa les joues de Channon avec ses pouces, reconnaissant de l'avoir.

"Alors tu veux faire plus de bondage difficile", dit-il, regardant les joues de Channon rosir. «Je pense que je peux gérer ça. Vous allez regretter d'avoir demandé ça », a-t-il ajouté avec un sourire.

Channon poussa un soupir tremblant. "Je veux dire, n'est-ce pas le but ?" Il passa sa lèvre entre ses dents. «Tu sais, si tu veux, nous pourrions le faire avec Nate et Ewan. Comme... d'une manière « l'un de vous va être blessé » ? »

« Êtes-vous volontaire pour qu'Ewan soit potentiellement blessé ? » demanda Jack, amusé et satisfait de l'idée.

"Il aime être blessé", a déclaré Channon en fronçant le nez. "C'est un masochiste."

Jack ne pouvait pas s'en empêcher. Il rit et embrassa le front de Channon. "Il est. Bien sûr. Je vais parler à Nate. Mais nous devrons peut-être d'abord faire un entraînement, alors ne soyez pas complaisants.

Soupirant, Channon appuya sa tête sur l'épaule de Jack, devenant mou et mou. « Avec vous, Monsieur ? Je n'oserais pas.

Ce qui était exactement comme il se doit.

Don't miss out!

Visit the website below and you can sign up to receive emails whenever Kyana Samedy publishes a new book. There's no charge and no obligation.

https://books2read.com/r/B-A-QQELB-MEYID

BOOKS 2 READ

Connecting independent readers to independent writers.

Did you love *Manières Diaboliques*? Then you should read *Le Choix de Bianca*[1] by Sley Samedy!

[2]

Bianca Amato a une décision à prendre.

Lorsque les parents de Bianca meurent dans un accident de voiture anormal, elle est jetée dans la rue et son frère est placé dans une famille d'accueil.

Pour prouver aux services de protection de l'enfance qu'elle peut prendre soin de son frère, elle doit être financièrement stable avec une maison et montrer qu'elle peut prendre soin de lui seule. Perdre la seule famille qui lui reste n'est pas une option. Elle peut soit vendre sa virginité au plus offrant, soit risquer de perdre son petit frère au profit du CPS.

---

1. https://books2read.com/u/4A1QOp

2. https://books2read.com/u/4A1QOp

Stefano Russo a besoin d'une femme et pas de n'importe quelle femme. S'il doit se marier, il veillera à ce qu'elle soit pure. Elle doit lui donner un enfant dans les deux ans suivant leurs noces, sinon il risque de perdre son héritage et le trône au profit de la mafia italienne. Il a beaucoup de femmes parmi lesquelles il pourrait choisir, mais il n'en veut aucune.

Sachant qu'il n'a pas beaucoup de temps, il recherche les meilleurs du métier pour l'aider à résoudre son problème. Un coup d'œil à la photo de Bianca et il est accro. Il sait que c'est elle, puis Lilith lui rappelle que ce n'est que pour une nuit. Non seulement il doit acheter sa virginité, mais il doit aussi la convaincre de rester pour toujours.

Also by Kyana Samedy

Mauvaises intentions
Manières Diaboliques